我的恋人

my lover

[日] 上田岳弘 著
王兰 译

新星出版社 NEW STAR PRESS

目录

Contents

The Tasmanians, in spite of their human likeness, were entirely swept out of existence in a war of extermination waged by European immigrants, in the space of fifty years.

タスマニアは、彼らの人間の肖像にもかかわらず、完全に50年の間に、ヨーロッパからの移民によって繰り広げ絶滅の戦争で消滅するで流された。

塔斯马尼亚尽管有人类肖像，但在过去的五十年间，由于欧洲移民的灭绝战争而灭绝。

——赫伯特·乔治·威尔斯《星际战争》第一章

（来自谷歌翻译）

（注：此处和后记的日文是作者不同时期使用谷歌英译日的结果，以表示科技的进步。为了体现这种进步，保留AI翻译的质感，此处和后记的译文都是将日文通过谷歌二次翻译后的结果。）

两年前辞世的高桥阳平认为，这场“灭绝战争”是人类在第二轮地球之旅的过程中衍生的一场悲剧。第一轮地球之旅，起源自非洲大陆的人类第一次将足迹遍布这个星球，世人称之为“伟大的旅程”。按照高桥阳平提出的“走向终焉的人类之旅”一说，人类在找到最终的栖息地之后又展开了一轮新的旅程。

然而，终点并非只有一处。就算将目之所及清查殆尽，也无法确定其他地方没有仍未触及的盲区。即便穷尽东方，那南方呢？北方呢？你们人类本能地热衷于占领每一块处女地，因而只要各地仍有人类活动的踪迹，只要无法穷尽世间的每一个角落，人类的地球之旅就不会真正走向终结。即便环顾四周，每一处都已插遍旌旗，人类也只会暂时消歇。终有一日，你们又会祭出新的规则，重启新一轮旅程。高桥阳平还认为，投放两颗原子弹是人类第二轮地球之旅走向终结的标志之一。第二轮地球之旅方兴未艾，人类就已不得不面对这段旅程走向完结的局面。

*

我对高桥阳平思考的这些问题洞若观火。表述得更准确一点，是第一世的我，早在十万年前就已对此了然于胸。包括他辞世前所采取的行动，也尽在我的预料当中。

先插一句题外话，早在洪荒之时，第一世的我就预见了核能的发展。从古至今，人们对物质转换为能量这一现象，有着各种各样的命名方式，譬如“神之火”“人造太阳”“雷神之锤”，不一而足，还有人从对后世的影响，将其称之为“魔咒”。对于你们人类而言，它将成为你们发展道路上的“红线”，我自然不会视若无睹。

物质即能量，而能量又可转换为物质。你们人类发明了数不胜数的理论，不断加以印证。为了一较高下，为了彰显自己才是真正的赢家，你们不断运用这些理论来证明自身的优越性。然而，获胜的一方唯恐有朝一日地位不保，为了稳固开拓者的地位，巩固既得利益，你们像执着的守卫般竭力维护着自己的一亩三分地。

*

说到我的恋人，她的个性一言难尽。她并非一个腼腆的姑娘，甚至毫不在意世人的目光。她卓尔不群，出其不意的言行常常令人无所适从。如同我们可以列举出某一元素的所有特征，却无法解释为何世上会有这样的东西存在，她就是这么让人难以捉摸。

原本，人们因她身上所散发的气质，称她为“纯真少女”。可很快，这个戏称就变成了“泼妇”，进而演变成“堕落荡妇”。但最初面对这个世界时，她的确如人们给她的绰号一般，是一名怀着赤子之心的纯真少女，常为世事不公而痛心疾首。“纯真少女”自小天资聪颖、身强体健，一路过得顺风顺水、无忧无虑。虽然家境优渥，她却一点儿也不骄纵，一心一意只想着能为别人做点什么。就像从高空俯视地面时看不出建筑物的高低参差一样，在她看来，人与人之间并没有多大差别。除她之外，其他人都一样愚昧、老实、精明、无能。因此，“纯真少女”完全无法理解，为何有人会生来贫困，遭遇不公。

“纯真少女”怀揣着对世界的美好愿景，投身于慈善事业。她探访了多个被贫困和战乱纷扰的地区。饥饿、剥削，惨无人道的景象冲击着少女纯真的心灵。她决意利用自己的美貌去吸引人们的关注，引领世界朝着更美好的方向发展。她企盼着世间穷困潦倒的人们不再遭受更残酷的欺凌，至少要让每个人都愿意为这个目标贡献一份力量。“纯真少女”当时的行动，多多少少对促进社会公平起到了一定的作用。

我的恋人早已不记得人们从何时起不再称她为“纯真少女”了。当初，她自信凭借美貌、智慧以及全心全意的付出，一定可以向苍茫大地播下慈善的种子。应该说，她觉得这才是自己力所能及之事。人生不过沧海一粟，若想要美丽得以传承，只有如薪火般点燃自己，才能照亮整个世界。在相当长的一段时间里，她一直抱持着这样的信念。然而，不知不觉间，她发现自己的想法悄然发生了改变。“真的是这样的吗？”她质问自己，陷入了迷惘之中。

我的恋人开始公然否定“纯真少女”的存在价值：“一个像我这样的美少女，面对着不堪的世界芝焚蕙叹，不过是徒具空壳的形式美罢了！”“你们这群人，在这里认命地祷告能有什么用？毫无意义！简直就是一群白痴！”那段时间，我的恋人时不时就会这样痛斥围绕在她身边的拥趸者们。这些言论让“纯真少女”的支持者们倍感屈辱。

很快，人们开始骂她是“泼妇”。然而，即便是慈善，想让世人为之行动也必须有足够的力量推动才行。“泼妇”为了巩固财富和权力这一坚强后盾，四处奔走。她设计了简单明快、博人眼球的口号，逐一应用于各项援助计划当中。为了让坐拥权势的个人和组织为其助力，她凭借大众的支持向对方施压，并揪住对方的弱点进行游说。庞大的资金迅速集中于“泼妇”手中，与“纯真少女”时期相比完全不可同日而语，推进消除世界不公的行动得以有些许实质性的进展。然而，对于这些成果，“泼妇”并不满意。个人的力量始终有限，援助计划没走到最后一步，很难说能否达成所愿。比如将食物分发给面临死亡威胁的儿童时，理应优先派发给急需的对象，可现实常常并非如此，时常会出现食物根本没送到孩子们手中的情况。她伸出的援手，如同撞上透明的弹力墙般被慢慢反弹回来。于是，我的恋人尽可能将自己从事态的中心抽离出来，保持一定距离进行接触观察。

我也同意“泼妇”的观点，即便现实如此也比什么都不做强。她成为将富庶之地自带的从容分享到贫瘠地区的载体。哪怕只是尺寸之功，世界总归向着更为公平的方向又靠近了一点。然而，这样的活动一路进行下去，让人越做越失望，“泼妇”渐渐失去了原本的斗志。

一天，“泼妇”在半梦半醒间恍惚看到一个孩子。她并不知晓那孩子的姓名，可是他的五官、肤色、身高，一切的一切又那么清晰可见。她猛然想起，那是她还处于“纯真少女”时期去过的一个村庄里的孩子。他像是要从尘土飞扬的空气中杀出一条路般，瞪着圆圆的眼睛死死盯着我的恋人。她并没有走过去和他交谈，可还是将他肌肤的每一寸纹理都牢牢地刻在了脑海当中。那孩子不幸生于贫瘠的环境中，整个人干瘪瘦弱，但他锐利而让人不快的眼神似曾相识。是的，那是“泼妇”非常熟悉的眼神。那眼神，和某个暴虐的当政者简直如出一辙。将来，若时来运转让这个孩子权倾天下，只怕他一样会用卑劣的手段将人们玩弄于股掌之中，令自行其是、不公不法成为世间通行的准则。那一刻，我的恋人脑中的的确确划过了这样的念头。

“泼妇”拼命想抑制住自己无端的猜想。认定一个素不相识的孩子是邪恶的化身，不过是自己在偷换概念逃避失败感罢了。而这一切，都源于长期的虚耗和自责。可是，对此我的恋人又产生了怀疑:“真的是这样吗？”她决定不再当一名咄咄逼人的“泼妇”。

*

这个由“纯真少女”发展成“泼妇”，甚至演变为“堕落荡妇”的女孩，其实是第一世的我在幽闭的洞穴中所幻想出的对象。而第二世的我——海因里希·开普勒，在单人牢房里一直思念的女子也是她。可惜，第一世的我也好，海因里希·开普勒也好，直至生命的最后一刻也未能邂逅一位这样的女性。

第三世的我——井上由祐生活的这个时代，基本上和第一世的我所想象的未来世界别无二致。那时的我是被你们人类当作直系祖先的克罗马农人（**注：大约十五万年至二十万年前就出现在非洲的智人，后向亚欧大陆扩散，大约三万年前到达欧洲大西洋边，有学者认为他们导致了欧洲尼安德特人的灭绝**），也就是说，我在距今大约十万年前就幻想出这样的未来世界。不是我自负，我的猜想相当精准。虽说还有许多小细节上的出入，但现在这个世界和我无聊时的想象在本质上并没有太大差别。比如井上由祐每天都在敲击的电脑键盘就在我的预见当中。

第一世的我在脑中所设想的，是将物质的响应与语言相关联，而电脑是为了控制物质的响应而产生的快速处理信息的一种媒介。

实际问世的冯·诺依曼（**注:美籍匈牙利科学家，最先提出程序存储的思想，并成功运用到计算机的设计之中**）结构计算机，就是以半导体控制电路的ON（开）OFF（关）两种状态为基础的各种“0”“1”组合，来表现语言、影像等各种信息。第一世的我写下了题为“响应控制与在此基础上和自然的交流”一文，并在旁边配上了一幅图。画面上一个人类坐在木制的盒子前，从盒子里伸出许多触手将人类的大脑袋缠绕起来。在第一世的我看来，像井上由祐现在这样用键盘输入的方式，不过是信息处理发展过程中的一个阶段罢了。

然而，这些想法都太过超前，甚至在第二世的我所处的时代，全世界满打满算也只有几台体型巨大但处理能力很差的电子计算机而已。按照西历推算，应该是二十世纪四十年代的事吧。那时，第二世的我——海因里希·开普勒，这个在柏林出生的德国犹太人迎来了自己三十岁的生日。海因里希·开普勒刚出生时，纳粹还不存在。及至他的青年时期，这个呱呱坠地的新生政党就通过各种合法政治手段切实地掌握了国家政权。精于演讲、巧舌如簧的党魁很快就暴露了其思想体系的核心——种族主义。海因里希·开普勒所属的犹太民族成为他们仇视的对象，被赶尽杀绝。

那时，海因里希·开普勒正在一家汽车组装工厂工作，盖世太保突然到来，不由分说地将他抓走。无论是在被抓捕的过程中，还是在转运途中摇摇晃晃的列车上，海因里希·开普勒时不时就望向天空，脑子里拉拉杂杂思考着几件完全不相干的事情。虽说是第二世，但我到底还是我，海因里希·开普勒和第一世的我一样，也爱胡思乱想，逃避现实。在那列人头攒动、密不透风的火车上，他想起了因成绩不佳没能分进文理中学（**注：按照德国教育体制，只有进入文理中学的学生才有机会上大学**）的事，想起了青春期暗恋过的红发少女，想起了亡命荷兰的未婚妻……接着，他想起了和自己扯不上关系的茹毛饮血的原始人生活。狩猎动物、采集野果、忍耐严寒、点燃篝火……那是第一世的我作为一个克罗马农人所经历的原始部落景象。

列车倾轧铁轨发出的咣当声与人满为患的车厢内传出的哀叹声此起彼伏，海因里希·开普勒的心头突然涌起一股不快。随着时间的推移，车厢内弥漫的臭气越来越浓烈。海因里希·开普勒想从这令人窒息的气味中转移一下注意力，便回忆起第一世的我所经历过的克罗马农人的垃圾坑。现在列车上的气味总比那时候的垃圾坑要好受一点吧，他在心中暗想。然而，令人作呕的气味依旧让他透不过气来。于是，他的思绪转而朝相反的方向逃避。这一次，他回想起第一世的我在叙利亚的洞穴四处描绘的未来世界的文字和图像。那是比半个世纪后井上由祐生活的时代更遥远的未来。比如，那时候将会有新的技术，可以化解列车上挤作一团的男女老少碍事的身体界限。把他们的精神和肉体融为一体，就不会再因拥挤不堪而身心俱疲了。他这么胡思乱想着，半晌就过去了，列车开到了达豪市**（注：位于德国的巴伐利亚州，二战中纳粹德国最早在此建立集中营）**内一间用废旧工厂改造而成的集中营里。

人类聚居在一起就会形成社会，集中营里也不例外。意外的是，在集中营这个犹太人的小社会中，海因里希·开普勒成了同胞们信赖、仰仗的领袖人物。被关押的犹太人渐渐明白，这个集中营的终极目的是要将他们斩尽杀绝，无论自己多么努力工作都不可能重获自由。对于这一点，海因里希·开普勒比任何人都更早地做好了心理准备。严格来说，他不是醒悟，而是本来就知晓。因为犹太人被揭发、检举，进而被转运、收容的这一系列情况，和第一世的我在洞穴墙壁上所描绘的大屠杀场景如出一辙。在集中营里，海因里希·开普勒渐渐分辨不出眼前的一切究竟是现实还是幻象，在真实与虚幻的漩涡中陷入了奇怪的错觉。仿佛他只是第一世的我在幽闭的洞穴中用绵延的思绪虚构出来的人物，又仿佛他早在十万年前就已洞察世事，只是如今转生到了这个早已预料到的未来世界里。然而，在已被绝望彻底打垮的犹太人眼中，他的这个样子却是别样的超然洒脱。

海因里希·开普勒最终死于集中营的一间单人牢房里。第二世的我被关禁闭，故意饿死了。他们试图用我的死亡杀鸡儆猴，向关押在达豪集中营内的各国囚犯昭告犹太人是最低等的。在不同人种的犯人中，站在金字塔尖的是日耳曼人，而达豪集中营的犹太人以德国人为主，他们往往和日耳曼的政治犯关系融洽。因此，海因里希·开普勒被处以饿死的刑罚，就是要让集中营上上下下都明白——犹太人不是德国人，他们是应当被铲除、被灭绝的最低劣的民族。这样的手段在集中营内屡见不鲜。以长官西奥多·艾克为首的集中营高层，一直以来就是用这样的手段维持着他们统治的稳定。他们一面禁止看守独断专行凌虐囚犯，一面又要求他们随时随地执行惨无人道的命令。

而且，对集中营的管理层而言，那时的我确实是一个麻烦人物。第二世的我异常精准地预见了以达豪集中营为开端的纳粹德国集中营今后的发展方向。当然，准确来说，这并不是海因里希·开普勒凭着一己之力完成的，这些预言都源自第一世的我的先见之明。我这个克罗马农人早在十万年前就预料到人类会发生这样的大屠杀，而且会采用气体或液体等方式大幅提高屠杀效率。虽然那间被称为

“浴室”的房间，海因里希·开普勒一次都没进去过，但他对那个房间的真实用途产生了怀疑。他迅速提醒周围人要多加小心，“最好不要进入那个房间”。

结果，第二世的我和第一世的我一样，才三十四岁生命就走向终结了。

*

第三世的我名叫井上由祐。二〇一四年过完生日后，我成功跨过了三十五岁的门槛。第一世的我和第二世的海因里希·开普勒，都是三十四岁就走向了生命的终结。也许这只是一个巧合，但已经三十五岁的井上由祐因此莫名地产生了一种责任感。井上由祐走到了前面两世都没能到达的人生节点，那么更应该做到我们想做却没能做到的事情吧。

把我们三个人放到一起一比较，毋庸置疑第一世的我一枝独秀。鸿蒙初辟，原始人才刚刚立足于这个星球，卓尔不凡的我简直像个体的基因突变。不，应该说，我根本就像外星生物一般。

第一世的我居住的洞穴比邻地中海，位于现在的阿拉伯叙利亚共和国与土耳其交界的国境线附近。我把所有的闲暇时光都用于将脑中对未来的构想，以及自己的思考认知一一描绘于洞穴的墙壁上。遗憾的是，你们人类到现在还没发现那个洞穴，而海因里希·开普勒和井上由祐也不曾到过叙利亚。那时，我就已经知道这颗行星是一个球体，周长约四万千米了。当然，那时候还没有千米等计量法，我用的是自己独创的单位来计算的。我在洞窟的墙壁上记录："此星球周长为两千三百万奥姆。”“奥姆”是我所属的族群使用的词汇，意思是“我”。也就是说，地球的赤道周长是我身高的两千三百万倍，即你们所说的四万千米。

其他的例子不胜枚举，比如我在设想电脑这一概念时，也料想到了互联网的出现。在我的想象中，个人将自己的精神活动记录下来，然后把这些内容转换为数字信息发布出去。于是，个人所记述的这些内容就像天空中的月亮一样能被所有人看到。除我之外，其他的克罗马农人也好，尼安德特人也好，洪荒时代的人们对此根本无法想象，他们只是孜孜不倦地过着茹毛饮血的普通原始人生活。当然，他们压根也没有思考的必要。

然而，我依然在脑中幻想着那个遥不可及的时代。而且不知从何时起，从我的设想中走出了一位栩栩如生、出尘绝艳的女子。经过沧海桑田岁月变迁，人类社会变得越来越错综复杂，而她就生活在那样的未来世界里。我历经千辛万苦，跨越层层阻碍，就是想见到那个令我难以割舍、可亲可爱的恋人。

*

在我的恋人还处于“纯真少女”和“泼妇”的状态时，围绕在她身边的基本上都是行得正坐得端的君子。因此，当她决定不再像之前那样扶危济困、救助他人，而要加入专事祝祷和巫术勾当的组织时，周围没有人能理解她意欲何为。家人也好，拥趸者也罢，都认为她已病入膏肓、不可救药。慢慢地，我的恋人开始被人们称为“堕落荡妇”。

翻过一座座崎岖的山岭，“堕落荡妇”进入到巫师们所掌控的密林之中。一进去，她就被肤色迥异的原住民囚禁到他们视为“禁忌之地”的洞穴当中。弥漫着刺鼻氨水味的洞穴就是天然的牢房，里面还关押着几个囚徒。他们时不时会被强迫饮下有致幻作用的草药，以充当巫师们的占卜工具。“堕落荡妇”刚被关进洞穴里，就被这几个药物中毒几成废人的男子轮流侵犯了。刚开始光是闻到对方身体散发的恶臭，她就汗毛倒竖，不禁作呕。然而，奇怪的是，在与废人的交媾中，她居然在心底产生了和他们渐趋同化的莫名快感。

即便成为堕落的荡妇，她的美貌仍然不减分毫。牢房外也有人觊觎她的身体，悄悄潜入欲行不轨。不分内外，不论男女，她来者不拒，向每个人敞开自己的身体。与之交合者，足有百人。回忆起这段经历，我的恋人只记得洞穴内臭气熏天的气味、隔着污衣秽物后背碰到高低不平的岩石时的触感，以及四肢撑在地面时膝盖如电流穿过的阵阵刺痛，对于每个与之媾合的个体却没有丝毫印象。

在充盈着腐败体液气味的秘境内，“堕落荡妇”一心一意虔诚地唱诵着咒语，祝祷企盼着拥有智慧的生命降生。快乐和痛苦只在一线之间，她渐渐心力交瘁，不堪重负。然而，她的心境很快发生了变化。在一场占卜中，全部囚徒——总共八人被要求围坐成一圈，每个人的面前分配了一碗汤药。八个碗里只有一碗装着毒药，分坐在八个方位的囚徒谁喝到毒药谁就会死亡，然后巫师会根据这个结果占卜出什么来。八个人一同喝下汤药，荡妇左手边的男子很快就垂下头死去了。此时，我的恋人意识到，这个占卜的结果绝非偶然，而是巫师故弄玄虚有意为之。虽然她没有绝对的证据，但从巫师细微的表情变化中可以看出，这个男人并没有杀死她的意思。

“堕落荡妇”的感官越来越敏锐了。她原本想就这么一路堕落下去，到了一定时候就自我了断好了。然而，此时她的脑中又浮现出了那个简单得不能再简单，直白得不能再直白的疑问：**“真的是这样吗？”**理所当然，我的恋人已经无法再忍受“堕落荡妇”的生活了。

*

我的臆想越来越疯狂，与此同时，我的族群在努力地将生存的技巧传承下去。比如，看到“拉冈巴”的身影时一定要藏好，千万不能被它发现。“拉冈巴”这种牛科动物与人类经历了几代的冷战较量，现在早已影灭迹绝。还有，绝不能靠近太阳西沉的峡谷。他们口口相传的生存技巧大抵是这些内容。

而我一直幽居的洞穴就在他们认为不能进入的西边峡谷里。部落的长老们对违反禁忌大都十分惶恐,可对于喜欢刺激的孩童来说，禁忌就是用来打破的。不过，即便如此，孩子们也只是在峡谷的斜坡上滑下来爬上去，玩上一阵子就满足了。他们没有兴趣把了无生趣的谷底当作游戏的场所。现在想来，克罗马农人的先人们将这个峡谷设为禁忌之地，一定是早已知晓峡谷对岸住着尼安德特人的部落，惟恐两个部落相遇发生冲突，才有意为之的吧。

我居住的洞穴位于峡谷间的大盆地中。这里既静谧又安全，完全不用担心会被人打扰，可以任我在空想的世界里肆意驰骋。克罗马农人的男人们关心的无非是猎物和女人，这些原始人和第一世的我根本搭不上话。应该说，在你们人类发展的早期阶段里，人与人之间还没能达到用语言沟通的程度，而且这样的交流方式持续了相当长的时间。我自然无法忍受这样的状态，于是第一世的我放弃了和周围的人进行交谈，这样反而促使我的想象力得到极大发展，我开始在脑中和自己设想的对象对话交流。

第一世的我乐此不疲地和脑中的对象交谈着。我们不断变换着话题，争相挑选让对方感兴趣的内容，拉拉杂杂、有的没的闲聊着。“你敢不敢挡在拉冈巴的面前，在它要撞上的瞬间立刻闪开？”“还有比这个更刺激的！我们把族群里大家最喜欢吃的红果子当球扔怎么样？是不是更过瘾？”“想把这些珍贵的红果子扔着玩，就得采集到更多的果子才行。”“不行，不行，这个游戏不成立。这些红果子只有快到冬天时才采摘得到，其他季节根本没得玩。”“若想任何时候都能玩上新鲜的果子球，就得想一个不让它们腐坏的方法。或者，也可以看看能不能让这种果子在任何时间都可以结果？”“要想实现这个目标，就得……”我们的讨论越来越深入，甚至具体到技术的细节。无趣的家伙肯定会跳出来说，这些果实可是大家拿来吃的；而智商不够的家伙压根就听不懂什么“培育”“冷冻”之类的概念。能和我进行对话的对象，经过层层淘汰后越来越少。而我的思维在飞速地向前发展，甚至超越了井上由祐所生活的时代，向着更遥远的未来行进。在井上由祐的时代，“失去宗教信仰的时代下人类要如何安顿自己的内心”“自由竞争下公正与平等的矛盾（机会平等的溃败）”等将成为根本性问题，而我的思考涉及的内容更为前卫，很多已经超出井上由祐所能理解的范畴了。

为了让自己的思考更深入，第一世的我创造了文字，将我思考的内容概要书写在洞穴的墙壁上。我的文字自成一格，不同于现代既有的任何文字体系。它将模拟具象“物”的符号和赋予抽象概念的符号组合呈现，使象形文字和表意文字转化为会意性文字，文字本身并不具备表音功能。因此，我的文字基本上只有我们能看懂，其他人根本难辨一二。而且，其中有相当一部分连第三世的井上由祐也已记不清楚，无从辨认了。到头来，第一世的我成为我们三个人中最孤独的那一个。

我的恋人从“纯真少女”发展成“泼妇”，到后来决意不再当“堕落荡妇”，整个过程被第一世的我用自己独特的文字记录在洞穴的墙壁上。我对每个细节的设计达到近乎偏执的程度，这让现代的井上由祐也不由得瞠目结舌、叹为观止。我的恋人作为一个个体，必须具备卓尔不凡的才能，还得恃才放旷、落拓不羁。第一世的我打消了让她出现在我生活中的念头，可是对于第三世的井上由祐而言，珠玉在前且真实可亲，想找到一个与之媲美的女性简直难于上青天。事实上，已经步入三十岁大关的井上由祐，在现实生活中的确没能遇到一位条件相当的异性伴侣，他自己也基本放弃找到神仙美眷的奢望了。

不过，我近乎偏执的追求也并非都在帮倒忙，还是起过一定积极作用的。凭着我在洞穴中宵衣旰食所描绘的细节，第二世的海因里希·开普勒得以在惨无人道的集中营生活中分散了一点注意力。直至全身的气力和意识消失殆尽，濒临饿死的海因里希·开普勒一直在漆黑的单人牢房里反复揣摩着“我的恋人”的幻影。而“彼时”“彼地”，我那柔情似水的恋人也在牵挂着“我”。

在饥饿的煎熬下，海因里希·开普勒的面前只有死路一条。身体上的折磨虽然让他痛不欲生,可对即将到来的死亡他却无动于衷，仿若与己无关一般。事实上，既然已有第二次转世，就不得不承认自己身上的特异性。此时此刻，他不由得想起第一世的我在洞穴的墙壁上特意写下的“你们人类”这几个大字。第一世的我并没有料到自己会转世再生，可事实就摆在眼前，第二世的我理所当然会想到是否还有第三次转世的可能。其实,“人类”这一称呼本来就是指你们,“我们”应该有其他对应的名称才对。

那“我们”叫什么好呢？没等海因里希·开普勒想到一个适当

的名头，他的生命就已告一段落。经历第三次转世，我们终于跨越了三十五岁大关。井上由祐也开始重新思考“我们”的命名方式。第一世的我因智慧过高，无法得到周围人的理解。而且，由于第一世的我在十万年前所预言的世界形势与现实并无二致，导致第二世的我伴随着莫名的不真实感过完了一生。因此，第三世的井上由祐想要更融入社会，更享受当下的生活。然而，“我们”目前只有我们三个而已，所以他不由得对我们之间的连带感更为关切。

对于你们人类而言，太阳每天都是全新的，生活充满了挑战和刺激。虽然很可惜，你们的人生仅有一次，但对第三次转世的井上由祐而言，他无法拥有你们这样的新鲜感。他每日的生活平淡如水，毫无惊喜可言。随着时代的发展，本来就很难有什么新的作为，再加上第一世的我拥有井上由祐他们难以企及的智慧，且为了展示自己的才华，把所有的预言都刻在了洞穴的墙壁上。我的预言与现实世界几乎不差分毫，在这种情况下，井上由祐能做的突破自然少之又少。

因此，虽然突破了三十五岁的年龄壁垒，但他的生活并没有展开什么值得一提的崭新一页。不过，此话也不尽然。最近，井上由祐确实有些新情况，他的身边出现了一位令他眼前一亮的女子。

井上由祐搭乘着去往新宿的西武新宿线电车。日光透过车窗照在卡罗兰·霍普金的肩头，抓着列车吊环的井上由祐看着她在阳光下闪闪发亮、细细软软的汗毛出了神。卡罗兰·霍普金似乎感觉到了他的视线，仰起头来问道:“怎么了？”

“说来话长……我总觉得，好像很久很久以前，就已经认识你了。”井上由祐说道。

“井上，这个你以前说过了。”卡罗兰·霍普金淡淡地回应了一句，又低下头看起了手中的书。

井上由祐暗想:要不要半开玩笑地告诉她，你就是我十万年前认定的那个命中注定的“她”？好想再看看她一脸嫌弃板起面孔的样子啊。可是，要真招来她的反感，那就弄巧成拙了，还是乖乖闭上嘴吧。

卡罗兰·霍普金出生于墨尔本的一个世家中，从小聪明漂亮，深得父母和兄长的宠爱。她小学和初中各跳了一级，之后和哥哥一起考上高中，十六岁就进入悉尼大学学习并取得了环境学学士学位，大学毕业后又考上了研究生。可是硕士没读完，她就退学加入了一个NPO（非营利）组织，投身于人道主义救援活动中。秀外慧中的卡罗兰·霍普金在NPO组织中也立即崭露头角。她所属的这个NPO组织以独特的衡量标准，按照世界各地受饥饿和武装冲突影响的严重程度，制订具体的援助计划。该组织的援助计划有着周密的行动安排，每一步都设定了必须达成的阶段性目标。譬如，让武装冲突地带纷争迭起的军阀瓦解分裂，对暗中研发生化武器的机构进行资金冻结等，不一而足。他们只公开最终的成果，却对所采取的手段避而不谈。展开行动和达成目标，是该组织的方针。卡罗兰·霍普金从二十岁开始加入该组织，为“公益”献身，八年间成为该组织中成果最为丰硕的骨干力量。

三年前，她离开了这个自己不惜放弃学业也要加入的组织，来到日本。在从事人道主义活动时期，对于NPO组织理事会既定的项目方案，卡罗兰·霍普金总能万无一失地圆满完成。其中，让身居要职的领导垮台是她最擅长的活动领域。即便目标对象完美无缺，其身边的人也不可能都无懈可击。如果这样也抓不到对方的把柄，她就会利用自己的美貌攻陷对方。然而，无论战绩多么辉煌，她都不能切实地感受到亟待救援的难民们的痛苦有所缓解。就算让这个统治者垮了台，可整个运作架构并没有改变，到头来不过是一个个领导更迭罢了。有时继任者甚至比前一任更卑劣龌龊，本应冻结的资金仍旧源源不断地流向罪恶的黑洞。卡罗兰·霍普金渐渐觉得，自己的行动犹如往沙漠里浇水一样愚不可及。社会仿佛拥有独立的意志一般，以固有的形态按部就班一步步运作着。相对于整个社会，个人拼尽全力的反抗，不过是可以忽略不计的计划外误差。

卡罗兰·霍普金手捧着平装版的《星际战争》，坐在井上由祐面前的位子上。她突然抬起头，似乎在确认下一站的站名。那对琥珀色的眼眸透露出锐利的光芒，感觉若有谁胆敢对她胡言乱语，她一定会立刻反击回去。她看起来根本不像三十二岁，可也不像二十来岁或四十来岁。硬说她三十二岁也不会让人感到不可思议，可总觉得她并不像是这样的年纪。

从西武新宿站出来，井上由祐在车站大厦前与卡罗兰·霍普金分头行动，他一个人在歌舞伎町转悠起来。早上八点的新宿，繁华的商业街刚刚苏醒，城市的脉动微弱低沉。及至正午，街头便是人头涌涌、脚步匆匆的纷忙景象了。这片刻的静谧，不过是城市引擎高速运转前的短暂过渡罢了。离卡罗兰·霍普金参加的聚会结束还有一段时间，他得找个地方打发一下时间。井上由祐信马由缰地兜转了一阵子，走进了靖国大道旁的星巴克。

卡罗兰·霍普金参加的是反捕鲸组织的活动。她隶属的东京分部，每月会在第三周的周六这个时间段举行例会。听说他们在日本关西地区还有一个分部。井上由祐并不知道他们开会商讨些什么内容，对此也毫无兴趣。只是，每次开完会回来，卡罗兰·霍普金都看起来神采奕奕、容光焕发，参加这个组织的活动似乎让她感到充实、满足。

卡罗兰·霍普金之所以会反对捕鲸，认为不应该区别对待人类和动物，其实是受到一位男性友人的影响。这个朋友曾帮她戒除毒瘾，回归社会。

“井上，你等了很久吧。”

散会后，卡罗兰·霍普金收到井上由祐发来的短信，也来到了星巴克。她坐在井上由祐的对面，啜了一口密斯朵咖啡。两人都默默地喝着咖啡，可气氛并不显得局促尴尬。井上由祐觉得，近来两人在一起时，空气仿佛都变得炽热起来，两人的关系似乎也亲密了许多。

离开待了八年的NPO组织之前，有一天卡罗兰·霍普金突然对自己曾经逼退的一位政治家的去向产生了兴趣。当时，她利用在佛罗里达一家酒店偷拍到的照片和偷录到的录音，迫使对方离开了政坛。这位政治家，对政府专家智囊团的预算供给大开方便之门。可是，这个有权保存政府管辖下所有信息的专家智囊团，表面上在为政府进行内部监查，实际上却在向各个行业最有影响力的企业提供情报。卡罗兰·霍普金所在的NPO组织判断，社会财富之所以越来越集中到极少数人手中，这个小型智囊团所起的作用不容小觑，因此必须打击、削弱他们的力量。然而，除掉了能左右预算的政治家后，解散了所谓的智囊团，智囊团内的人摇身一变还在从事原本的勾当。而那个政治家辞去议员职务后去了新加坡，利用在职期间的人脉渠道进入金融行业，变得比之前更加富有了。他们一家住在武吉知马区（**注:位于新加坡主岛中心的高级住宅区**)一栋价值三千万美元的别墅里。他一副宠妻狂魔的样子，什么都买给妻子，而他的孩子们都在富裕阶层专属的私立名校读书。他和家里佣人们的关系似乎也很不错，每周都会给她们放一天假。看着他们一家过着风平浪静、富足怡然的生活，卡罗兰·霍普金心里说不上是什么滋味。在回程的飞机上，她第一次感觉到，自己之前所做的一切都徒劳无益，只是枉费时光。

结果，从新加坡回去后过了几周，卡罗兰·霍普金拒绝了一直以来对她评价很高的NPO组织理事直接下达的下一步作战计划，并大骂对方是一个伪君子。同时，在她参加的最后一次组织会议上，她大谈会员的无能，组织内像间谍一样的行动毫无意义。于是，她被当场赶出了会场。之后，她一个人回到故乡，如同十万年前我想象中的恋人一样，开始了放荡堕落的生活。

*

这世间会不会有人和我们是一样的状态呢？初中二年级时，井上由祐的脑中时常蹦出这个念头。那时的井上由祐还是一个充满好奇心的少年，四处寻找着答案。一次，他无意间得知一个名叫伊安·史蒂文森（**注：一九一八年~二〇〇七年，美国精神病学家，"前世记忆"现象研究先驱**）的人写了一本书，书中记录了很多关于转世重生的故事。于是，他立刻骑上自行车，冲到附近的市立图书馆去找那本书。书里的确记载了很多类似的事情。比如，在泰国的一个村庄里，一个小孩突然对家人说"这里不是我的家"。后来，家人从他的话里了解到，这孩子似乎还残存着前世的记忆。据那孩子说，他在前世名叫"查穆拉特"，在"法塔农"村的祭礼上被两名男子杀害了。这个自称查穆拉特的小孩，当时的名字叫作"崩酷奇"，他还记得杀害自己的两个男人叫"邦"和"玛"。这些信息非常具体明确，按理说并不难查证。想必伊安·史蒂文森博士当时也为之一振吧。井上由祐越看越激动。伊安·史蒂文森前后五次前往泰国，从各处打听事件的详情。事实证明，少年崩酷奇所讲的确有其事。查穆拉特的确是在祭礼上被杀害的，而凶手就是叫作邦和玛的两个男人。

果不其然！还在读初中二年级的井上由祐看得热血沸腾，想立刻去见见这个前世是查穆拉特，现世是崩酷奇的泰国少年。“崩酷奇，你好！我叫井上由祐。我的前世是一个德国人，名叫海因里希·开普勒，被阿道夫·希特勒杀害……”他幻想着把自己的故事告诉对方。同为转世者，对方一定能感同身受。

伊安·史蒂文森博士在八年前就已经去世了，所以井上由祐无缘得见。不过，崩酷奇·波罗穆辛还活着。当时的井上由祐只是一名初中生，没法一个人跑去泰国，但现在就不同了，他已经三十五岁，完全有能力将当初的想法付诸实践了。他攒了时间不短的带薪假，还有足够在泰国生活一年的存款。然而，不知为何，井上由祐始终没有付诸行动。

其实，井上由祐一直隐隐约约觉得，海因里希·开普勒时的自己是另一个古人的第二世，也就是说海因里希·开普勒也是某人的转世。当然，他对此也有清醒的认识，这件事情非比寻常，简直可以说不可思议，他甚至一度怀疑自己是不是得了精神病。和第三世的井上由祐不同，海因里希·开普勒是第一次经历转世，很清楚地知道自己的前世是十万年前的原始人。海因里希·开普勒不是没有想过，如果能找到我在叙利亚洞穴里留下的遗迹，就能获得确切的物证，证明自己是我的转世。可是，他从没有实打实地做前往中东的计划。到头来，他只是认命，觉得别人不理解就算了，自己相信自己的感觉就好，没必要花费时间和金钱去寻找叙利亚的那个洞穴。

在达豪集中营的日子里，海因里希·开普勒绝大部分的时间都是凭着我在原始社会所想象的未来世界熬过去的。比如，在那遥不可及的未来，在人性变得愈加复杂的世界里，不知是第几世的“我”怀抱着我的恋人，不解地问道：

“你为什么要守护那些聪明的生物呢？”

井上由祐和卡罗兰·霍普金在一起时，的确出现过相似的画面，只是对话的内容稍有不同。他问的不是泛泛的“生物”，而仅限于“鲸鱼”。原始时代的我，并不知道“鲸鱼”这种生物的存在。因而，在我设想的画面中，人类以外的高智慧生物并不是巨大的水生生物，也不会喷出什么水柱。

对于我的提问，卡罗兰·霍普金用她怪腔怪调的日语答道：“我倒想问问你，为什么非吃鲸鱼不可呢？”

“我也搞不懂。只是，吃牛吃猪就没问题了吗？”

“其实也不对。可是，总得一个个拿出来说清楚，不然只怕情况会更糟。我想，也许是因为，人们倾向于认为和自己相近的生物更可怜吧。你看，比起龙虾来，人们会觉得鸡可怜；比起鸡来，人们会觉得猪可怜；比起猪来，人们会觉得鲸鱼可怜；比起鲸鱼来，人们会觉得你更可怜。人们从自身出发，不断地把同情的对象推而广之。”

“那这个推而广之的范围呢？仅限于动物吗？”

她说话的方式像极了“我的恋人”，井上由祐不由得追问下去。她像视力突然下降的高中生一样，眯起眼睛看着他说道：

“到最后最好连蔬菜都不要吃。这个推广范围也许会扩展到这一步吧。不管怎样，不敢想象要是人们只觉得自己可怜……”

这番对话发生在歌舞伎町一家英国风情的酒吧里。那是他们两人第一次单独约会。提出去这家店的，是卡罗兰·霍普金。井上由祐和她相识于去年年底。大学时期的朋友高桥和也把她介绍给了井上。那段时间，苦学多年，三十大几才终于通过司法考试的高桥和也，时不时会组个酒局。年底的那次酒局，大半的参加者都是为了凑人数才被临时叫去的。虽然说不上意气相投，但井上由祐和卡罗兰·霍普金在酒局上倒是聊得挺开心的。听说对方也住在西武新宿线的野方站附近，于是相约下次一起吃饭。酒桌上，井上由祐听说她参加了一些社团活动，但直到约在车站碰面后，一起走在去酒吧的路上，他才知道她参加的是反捕鲸组织的活动。

酒吧刚刚开门，店内还没有其他客人。到晚上七点的两个小时，是酒水半价的“HAPPY HOUR”时间。井上由祐点了一杯金汤力，卡罗兰·霍普金点了一杯黑加仑气泡酒，两人都点的超大杯，又加了炸鱼薯条和菠菜汆丸子等下酒菜。刚刚还在大谈“为了扩大可怜的对象范围应该尽可能少吃”的卡罗兰·霍普金，此时此刻却毫无顾忌地嚼着炸鱼，啃着薯条，咬着菠菜丸子。“好一口又白又亮的牙，真漂亮！”井上由祐看着吃得津津有味的卡罗兰·霍普金，心中暗想。那时，他并不知情，其实她的牙大都是假的。

后来，他才听她本人讲起，一年前刚到日本的时候，因为吸毒成瘾，她满口蛀牙。现在前面的门牙换上了假牙，后面的大牙都做了烤瓷牙，所以才看起来特别漂亮。整牙的费用不菲，还好她从祖母那里继承了大笔的信托资产，只用长线投资的利息就能过上衣食无忧的日子。

井上由祐本来想调侃一下，年龄超过三十岁的男女第一次约饭就直奔酒吧的HAPPY HOUR是何居心？可转念一想，也许这只是日本人的刻板印象，还是不说为妙。来自澳大利亚的卡罗兰·霍普金会对什么东西感兴趣，井上由祐无从知晓。于是，他试探着聊起了自己毫无亮点的人生轨迹。当然，遵循你们人类聊天的原则，他并没有把“我们”的事情说出来。

卡罗兰·霍普金饶有兴致地听着井上由祐讲述自己的经历，时不时配以“是吗”“这样啊”“井上你可真厉害”等西方人略带夸张的回应。她似乎对井上由祐从小生长的港口城市特别感兴趣。那个港口城市，现在成了神户和大阪的卫星城，很多人居住于此，却在神户和大阪工作。虽然那里还有一些人家从事捕鱼业，但绝大部分的人已经不再干相关的工作了。近来，那一带又修了海滨浴场，种上了各种不知名的南方树木，像水洼一般风平浪静的海面上还修了一座横跨两岸的巨大悬索桥。

“你们那里捕鲸吗？”卡罗兰·霍普金突然问。

“捕鲸？没有。”井上由祐回道。可实际上，那里的渔民捕捞的到底是什么，他并不清楚。

接着，他开始听卡罗兰·霍普金讲述自己的故事。她的日语日常交流完全没问题，可还说不上很流利。也许是出于这个原因吧，她抑扬顿挫的语调和听起来太过激进的内容，常常听得井上由祐心惊肉跳。

“我从小就被看作是最漂亮、最优秀的孩子。不管是哥哥还是其他人，每个人都对我喜欢得不得了。我也希望通过自己的努力，让每个人都过上更好的生活。可是，社会的结构性缺陷波及全球的每个角落，我根本无力回天。然而，放弃了这个追求后，我就过上了虚度光阴的堕落生活。然后……

“然后，我就去环游世界，来到了此行的最后一站日本。”

她说得十分笼统，但井上由祐的心中不由得充满了想象和期待。虽然还只是淡淡的情愫，可这是他人生中第一次体验到心跳加速的感觉。他瞟了一眼店内播放的足球比赛，又继续专注地听她聊自己的人生经历。井上由祐一面小心翼翼地保持着刚刚相识的客气，一面不失时机地向卡罗兰·霍普金透露出自己对她的好感。

*

二〇一一年至二〇一二年这两年间，在澳大利亚第二大城市墨尔本的一隅，没有人不知道卡罗兰·霍普金的大名。二十七岁的她，把在那个国家也不多见的一头漂亮金发染成了扎眼的红色。她不仅染了发，还不加打理任其留长，好好的一头秀发被弄得像脏辫一样纠缠在一起。可是，即便这样也没有影响到她与生俱来的高颜值，还是有很多男子狂蜂浪蝶般围绕在她左右。据统计，日本人的性交频率非常低，而且井上由祐还是日本人当中什么经验都没有的“小白”，所以他完全无法想象当地男子的性冲动会去到什么程度。

在夜店林立的城市，一头红发的卡罗兰·霍普金拿着小瓶的喜力，流连于深夜喧闹欢乐的街头。这是她开始走向堕落的第一晚。她被一帮年龄在十七到二十四岁上下的男子搭讪，跟着他们进入了迪吧。这群男子在聚集于此地的帮派中并没有什么地位，不知该说是幸运还是不幸，总之他们拥着卡罗兰·霍普金，看起来非常扎眼。

“那帮小废物们带着一个女孩。”

在音乐声喧嚣的迪吧一角，这帮男子把她团团围住，脸贴着脸和她聊天。即便是在没什么本事的小帮派里，也有高低辈分之分。

那个讲话超大声，被叫作“极寒王子”的男子，看起来是里面的小头目，可其实真正拥有话语权的，是看起来并不起眼，被称作是“基辛格7”的家伙。当基辛格7开始说话时，其他人都会安静下来。不过，按照卡罗兰·霍普金的原话，“一帮家伙都是废柴”。他们说了什么，她一点印象都没有。到头来，那段时间，在那附近的帮派里唯一没有睡过卡罗兰·霍普金的就是这群家伙。那天没过多久，他们就和别的帮派结了梁子，还没引起什么骚动，便扔下卡罗兰·霍普金，乖乖拍屁股走人了。

抢走卡罗兰·霍普金的那帮家伙，把她带到帮派一个小喽罗的家中。之后的两周，她和帮派中的每个人都睡了一遍。她没有和这帮男人多说一句话，时不时还会受到他们的暴力威胁和恐吓，但离开NPO组织后心中残留的焦躁感渐渐减弱，心情也舒展了许多。走出被他们囚禁的地方，她又拿着喜力流连于街头。结果，又在夜店遭遇别的帮派搭讪，并在下一个逗留地第一次品尝了海洛因的味道。

回想起这段经历，最令她不可思议的是，这些男人往往不是一个人在寻找猎物，而是像一场有组织的狩猎活动般一群人一起出动。不只是在这条街上，全世界每个地方的男人们都在抱团结党、互相倾轧。为了获得更高的地位，在组织内部也要一争高下，拼个你死我活。处在漩涡当中的猎物，往往最终被收入强者囊中。而被捕食者完全没有置喙的余地，没有人会倾听猎物的声音。回想起自己作为千金大小姐，作为慈善活动家时所体验到的虚无，卡罗兰·霍普金不由得一声叹息。

让地球一步步朝着理想的方向改变，这是那个NPO组织的核心目标。现在比一百年前好，一百年前比五百年前好，五百年前比一万年前好。就算有一些偏差，但世界总归在向着好的方向发展。人类作为以进步为终极目标的高智慧生命体，只要将科技与人文完美结合，就有可能达成所有的愿望。个人的自由会被尊重，地球上绝大部分的地方三天即可到达，地球的总人口将逐渐增多……这些改变，越快实现越好。也就是说，这个NPO组织的运作目标是更快实现人类的合理发展。要在自己的有生之年，达成更快、更好的变化。

然而，对于NPO组织所持的理念，卡罗兰·霍普金再也无法认同。随着时代的进步，人类看似越来越平等自由，可实际上生存的艰辛并未减少分毫，人与人之间的鸿沟也越来越深。我们的行动只是将这些令人不快的真相暴露出来，让善良的人们无路可逃。强者依然站在云端操控着局势，如今那双无形的手更是跨越国境在向人们施压。弱者则被踩到更底层，更难搅动一潭死水。今后，贫民会被更严苛的规则压榨、践踏。以自由竞争为基础的现行社会范式，优先发展的是对整个社会有益的事情。想要内心平和地生存下去，要么选择对弱者的被封杀视而不见，要么演出一幕对他人的不幸表示理解和同情的戏码，仅此而已。比第三世界更为贫苦的第四世界，依然笼罩在战争的阴云之下，那里的人们随时要面对武装暴乱和恐怖袭击，他们的耳边时不时就会响起此起彼伏的警报声。

卡罗兰·霍普金突然想起自己学生时代很喜欢的一位小说家。那位俄罗斯作家嗜赌如命，甚至不惜预支稿费去烂赌。她一直感到很奇怪，为何写出如此精彩小说的人会沉迷于赌博呢？自从将自己投入弱肉强食的争斗中，成为男人们的猎物后，她开始有点体悟到那个作家的心境了。从赌博也可窥见人类社会运行的机理。这个社会，是个人努力与既定命运之间的抗衡，是统计概率与有限资金的较量。就算押对了方向，只要在仅有一次的对赌中失败，就是个人的满盘皆输。

在墨尔本街头的夜幕下，放浪形骸的卡罗兰·霍普金，如此思考着。

*

在墨尔本，卡罗兰·霍普金心甘情愿地将自己置身于男人们性爱角逐的漩涡当中；而第二世的我，却身不由己地被卷入以种族主义为核心的适者生存的竞争洪流中。谁生谁死，只在一念之间。你们人类作为社会性动物，常常有意无意地变换着形式，重复着无止尽的争斗。

正如卡罗兰·霍普金对井上由祐说的那样，你们人类在面对和自己相近的杀戮对象时，更容易产生同情心。你们杀死一只虫子时眼睛都不会眨一下，可杀死一只猫时就会觉得猫很可怜。而杀死一个人时，你们甚至会超越“同情”的范畴，怀抱触碰禁忌的畏惧。纳粹德国在初期采取的杀戮方法，是将犹太人排成一排进行射杀，然后把尸体扔进事先挖好的坑洞中掩埋。以你们人类的习性，对于直接执行命令的人来说，这样行凶很难释怀。与用刀来杀戮相比，用枪要轻松得多，可堆叠尸体就没那么简单了。要想方设法充分利用每一点空间将尸体叠放到一起，本就是一件令人难以忍受的事情，更何况尸体的数量还如此庞大。要想办法在已经堆积如山的尸堆上再放多一个人，还要考虑怎么重新摆放尸体的手脚……这样的情形对你们人类而言，很难做到无动于衷、泰然处之吧。

即便挑选出的是最果敢的军人，长时间地执行这种任务，也会因精神崩溃而不得不更换人选。人能够承受多大的压力存在着个体差异。虽然某些罹患精神疾病的人可以毫无负担地长期从事这样的工作，但不能否认这是极少数的个案。所以，为了杀戮能够顺利进行下去，必须以爱国的名义，用轻度的政治话语对执行者进行精神控制，为其创造毫无心理负担的环境。也就是说，为了让心理承受能力处在水平线的普通人不产生“同情”的同理心，必须采取手段让他们远离自己造成他人死亡的实感。

出于本能，人在杀人时会想捂住对方的眼睛。而从背后射杀，或者把杀害对象的脸蒙起来，自然成为现实中简便易行的操作方式。比如，一九四三年为了更简便地实现屠杀规模最大化，纳粹采取了一个特别措施——建造了奥斯维辛集中营的毒气室。他们将每个执行者承担的工作任务细化，有人专门负责甄选杀戮对象；有人负责将囚犯集中、分组；有人负责给囚犯脱衣服；有人负责将尽可能多的犯人集中于毒气室；有人负责按下毒气释放按钮，并将毒气瓶中的毒气添加进毒气室；有人负责将遗体放进熔炉；有人负责掩埋遗骨。每个人从事的都只是简单具体的一项，无需多想，只要听从指令操作即可。

*

海因里希·开普勒临终前的状况惨不忍睹，那井上由祐能否避免或是突破同样悲催的命运呢？虽说我们都是同一个人，可是连我也觉得，海因里希·开普勒遭此厄运也怪其自身太过糊涂，太不上心。在幸运地躲过柏林“水晶之夜”（**注：一九三八年十一月九日至十日凌晨，希特勒青年团、盖世太保和党卫军袭击德国和奥地利的犹太人，标志着纳粹对犹太人开始进行有组织地屠杀**）的危机后，在自己的未婚妻和其他犹太人一起逃亡国外时，他并没有采取任何行动，只是仰望着天空，沉溺于第一世的我这个克罗马农人所构建的庞大幻想世界中。与从现实世界接受刺激相比，他更热衷于反刍我们当中思维最明晰、最活跃的人所思考的成果。当然，我也理解他的心情，他觉得这样做更有意义，而且当时的环境下这么做也有这么做的好处。

井上由祐在现实生活中遇到烦恼时，也动不动就想“来世再努力”，试图逃避眼前的问题。可是，他也在暗自反省。目睹了先人们因坐以待毙而遭遇灭顶之灾的现实后，他意识到自己应该汲取教训，避免重蹈覆辙。不管还有没有重头再来的机会，痛苦毕竟是痛苦，不会改变分毫。随波逐流地苟活着，到头来只会自食其果。有时，井上由祐也告诫自己，应该更专注于现世，主动采取行动。

比如，七年前换工作的时候，他就曾努力过一把。大学一毕业，井上由祐就进入了一家传统财团体系下的房地产销售公司工作。初入职场，正值房地产行业的一个小型泡沫形成期，房子虽然没到疯抢的地步，但基本上不愁卖。人们总觉得，房子卖得好不是好事吗？可实际上，“好”是没有尽头的。你们人类总是朝着更快更高的目标，以所谓的进取心拼命地往前冲。以公司这个小单位为例，这批房子好卖，卖光了，那下一次的销售任务就要提高一点。井上由祐进入公司的第二年，连续两个月在部门内取得了销售冠军的头衔。这时，公司里的老员工提醒他：“你小子别用力太猛，小心往后吃不了兜着走。”那时候，他还不以为然，觉得别人是在嫉妒他，现在想来只能说自己当时确实太嫩了。第二年，干劲十足的井上由祐又以漂亮的数据完成了公司下达的任务。然而，虽然房地产市场依然呈现上升的态势，但井上由祐的业绩却在一点一点地向下滑。每周一次的营销例会上，他时不时就被科长揪出来当负面典型批评。而之前提点他的老员工，则不能不让人佩服，人家还是一直保持着不高不低刚刚合格的业绩。这时候要是能发愤图强做出点成绩来就能一雪前耻，可井上由祐拿不出一点斗志和干劲。他本来就觉得房地产销售的工作不适合自己。当时，大学毕业在即，面临就业压力的他随大流跟着同学开始找工作，并没有认真分析过自身的情况就直接奔赴了第一个给自己发录用通知的公司。

当然，我们还有一个现实问题，像我们这种情况，自我分析要做到什么程度呢？是只分析作为井上由祐生活的这段时间呢，还是要把海因里希·开普勒和第一世的我都算在内当成一个整体呢？

面临重新择业，井上由祐开始认真地进行自我分析。他在笔记本的中央画下一条竖线，并在线的左右两边分别写下自己的长处和短处。为保险起见，他列了三张表，分别做了三个人的分析。井上由祐的人生是现在进行时，而海因里希·开普勒和第一世的我已是过去完成时，结果显而易见，写起来要简单得多。第一世的我：长处——拥有绝顶聪明的头脑；短处——喜欢空想，把自己封闭于洞穴之中。还有我那亘古绵长的思念，应该也算是长处吧。海因里希·开普勒：短处——中等以上的头脑，无论升学还是就业都没能抓住机遇，去了德国普通的实科学校，结果没升上文理中学上不了大学；长处——三个人里面海因里希·开普勒长得最帅。不过，他比较晚熟，不会和女性相处，没有和任何一位女性挑明过恋情，这一点不知该不该算是短处。其他短处——毕业后一度是无业游民；长处——换了多个工作，在多家工厂打过工，最终成了一名汽车组装工人。回顾他的一生，光是成功就业就花了好几年的时间。当然，这不全是他个人的问题，不能排除在纳粹提出“普遍就业”计划之前德国的失业率居高不下这一外部因素。

井上由祐利用带薪假一直忙着换工作。再次为找工作奔忙，让他不由得回想起自己在步入社会前漫无目的的那段日子。大学三年级开始找工作的那段时间，几乎每晚他都会接到这一世的母亲井上安江打来的电话。知道他工作还没定下来，母亲就会询问他未来的计划，暗示他最好可以回老家照顾家人。和那时候一样，也是在为找工作焦虑的夜晚，如同场景重现一般，今晚他又接到了母亲的电话。电话那头，母亲絮絮叨叨地诉说着父亲井上干生患癌住院后变得越来越任性，自己有多么辛苦，医药费已经达到医疗保险的上限，家里的存款眼看就要见底了，现在全家只剩井上由祐一人还勉勉强强有份正式的工作……

像商量好似的，刚把母亲的电话挂断，得了躁郁症的弟弟就打来了电话。一接通，弟弟就连珠炮似的抱怨起来：自己是这个家多余的残渣，脑子出问题都是因为井上由祐一直踩自己造成的，井上由祐不知道自己的傲慢伪善多么伤害家人……井上由祐已经习惯了弟弟的抱怨。他把手机从耳边拿开，只是偶尔对着话筒回应几句“对啊”“我明白”“原来如此”。井上由祐听从主治医生的建议，当弟弟的抑郁转为躁郁状态时，坚持与他进行无价值的对话交流，但要“在哥哥自身能承受的范围内听他讲话”。然而，谁能帮忙划分出这个“能承受的范围”呢？与第一世和第二世的我生活的时代相比，现在的社会福利保障机制更加完善，只要不是连申请都懒得去做就不至于被饿死。井上由祐偶尔会回老家帮弟弟办好救济金的手续，所以弟弟的基本生活不成问题，只是怕弟弟一不小心想不开要自杀。

“明白吗？要在自身能承受的范围内。”穿着白大褂、灰西裤的医生叮嘱着井上由祐，可医生镜片后的双眼几乎都没看向他。

井上由祐回想起精神科医生的这番话，总结一下医生的意思就是，凡事要有度。也就是说，没法说一定能达到怎样的治疗效果，总之家人尽可能来辅助就好。井上由祐的原生家庭已经失去了一个正常家庭的功能，危机一触即发。想要重整旗鼓从根本上挽救这个家，必须花费更多的时间。然而，即便如此，弟弟的病情也未必能有所好转。既然如此，倒不如先保证井上由祐目前正常融入社会的生活不要变糟。作为社会性动物，你们人类的这种举动，就像是为了让机能未受损的器官得以保全而实施的外科手术一样。当然，一般人都会这么想、这么做。可是，讽刺的是，按照井上家的状况，很可能首先被舍弃的弟弟以及紧接着要被舍弃的父母，都是你们人类中的一员，他们的人生只有一次。而与此相对的，得以保全的井上由祐就不一样了。所以，应该被着重照顾的，难道不是他们吗？井上由祐在门诊室里暗想。如果把这番话讲出来，说不定自己也会被当成病人要求接受治疗。因此，他只是默默地听着医生的忠告。

*

经过一番认真的自我分析，井上由祐的就业努力方向变得明晰起来。那种不会被轻易裁员、业务关系到千家万户生活的大型企业，虽然工作相对比较稳定，可安稳要以压抑个性、严格遵从企业内部规则为代价，这样的工作似乎并不适合我们。与我们更为契合的，应该是很多人都向往的那种管理不太严苛、自由度较高的工作环境。只是，一边给着低工资，一边大画美好蓝图，空谈什么价值、意义，喜欢“画饼充饥”的公司最好还是免谈。

“我明白您的意思。那您觉得这家企业怎么样？”

猎头把一家企业的招聘简章递给井上由祐。这家公司的“企业简介”噱头十足，一眼看过去尽是“企业正值发展期”“年销售额环比提升五成”等气势恢宏的宣传。而“业务内容”一栏则写着“向需要导入IT解决方案的企业和地方政府提供信息服务”。听说这家公司原本主要从事向其他企业派遣IT技术人员的业务，前年开始转为向狭缝市场提供精准服务，成了一间颇有市场发展前景的企业。

“井上先生，听了您的需求，我觉得这家公司非常适合您。这是目前我向您推荐过的几家公司里，和您最为契合的一家。”

看猎头如此笃定，井上由祐立刻向这家公司投了简历。第二天一下班，刚打开手机，他就收到两条录音留言。一条留言是母亲告知弟弟的状态又转为了抑郁，紧跟着下一条是“您的简历已通过我司审核”。留言以“我们已经向您发送相关邮件，为了尽快通知您，特短信联系”为开头，并简明地告知了第一次面试可选择的时间。

三天后的第一次面试,井上由祐被程式化地询问了跳槽的理由、求职动机等内容。他拿着提前准备好的标准答案应对着，而下眼袋又黑又大的面试官似乎对他回答的内容并不太上心，只是直勾勾地盯着他，像是要从他的表情中窥探出什么东西来。第二天，井上由祐就收到了第一轮面试通过的通知。紧接着，课长、部长级别的面试，公司高层的面试，一关接一关迅速地向前推进，很快他就收到了录用通知。井上由祐顺利辞去了前一份工作，前往这家公司位于高田马场的总部开始上班。第一天，他就听闻一条爆炸性消息：一面时的那个面试官已经不在公司了。而且，那个人并非辞职，而是上周病故了。

听说对井上由祐进行一面的那个面试官姓东山，他并非人事部的工作人员，而是公司简介中所写的新事业部的核心创始人。说是病故，但传言东山是过量喝下某些药物导致心脏病发作身亡的。从媒体网页的设计到向制作公司下单，公司里从全局到细节能全面掌握业务的只有东山一人，他一走公司内部一片混乱。这个部门原本隶属井上最后一轮面试时也在场的松田管辖，所以现在由松田直接接管了东山所负责的全部业务。

没了东山的监管，外包公司交货的系统品质低到连刚刚入职没什么经验的井上由祐都看不下去。据说，井上由祐的这个顶头上司松田对业务一窍不通，平时工作基本都靠部下东山全权负责，可是松田是老板的朋友，而且从公司初创时就来了，所以才有这么高的职位。东山去世不过一个月，项目原定的系统版本升级就一拖再拖。

松田倒也没特别着急。“现在嘛，整体都按部就班地运作着，不必太着急。”这些话，完全不像从一个负责人嘴里说出来的。而且，松田还把东山生前所使用的电脑和登录密码直接交给进入公司才两个月的井上由祐，并嘱咐井上：“你先用着东山的电脑吧，他的工作就由你来接管。”

要是让我那些克罗马农人的同伴看到井上由祐的日常工作，他们一定会觉得全是一些没有实际产出的仪式。除了偶尔开开会，井上由祐绝大部分时间都是坐在电脑前不停敲键盘。对于原始人来说，可能八十年前海因里希·开普勒就职的汽车工厂的工作还好理解，至少知道他们是在做什么东西。其实，井上由祐也在做东西，只是他制作的是“向企业提供IT服务及运维管理解决方案中的WEB媒体一环”，他们可以从提供信息系统服务的公司所获得的广告费中取得收益。第一世的我以卓越的想象力，将这类面向狭缝市场需求提供精准服务的业态及相关的人类活动也记录在了叙利亚的洞穴墙壁上，并以“提供场所将人们所关心的问题集合起来，并由此获取等价报酬”为题，写下了宽二奥姆，长四奥姆的说明。

“你们人类的智慧不断发展，朝着我所掌握的各种真相迈进。在此过程中，你们致力于将所有的东西统一化、纯粹化。因此，你们早期尚未成熟完善的‘语言’终有一天会更为发达、全面普及，直接影响多样化个体的规则以及普及规则所需的成本代价，会慢慢地消失。将所有的真相连成一体，你们人类社会的管理就将进入毫无阻碍、整齐划一的时代。然而，要想完全达到这一步，必须掌控每个个体所关注的问题，满足每个个体的需求爱好。作为这一过程的必经之路和必过之关，促成等价交换将会形成一门生意。”

其实并不完全是被第一世的我所写的内容影响，井上由祐自己也觉得，现在这家公司所从事的网络媒体生意迟早有一天会没得做。现在的企业人员流动频繁，没必要死守着一家公司干到老。所以，也不必太为以后的事情焦虑，还是应该集中精力先做好眼下的业务，赚够当前的生活费。对于井上由祐这个第三世的我而言，不管走哪条路，都不过是一个过渡。他想通了以后，专心致志地干着分内的事，工资立刻涨到了跳槽前的一点五倍。当然，这也是他决定专注活好这一世的一大成果。第一世的我所进行的超前思考能起作用固然好，但充其量只是个参考，绝不能被它牵着鼻子走。

就这样，兜兜转转生活一直不稳定的井上由祐，过了三十五岁终于暂时找到了稳定的职业，并且动起了和现实中的女性谈恋爱的念头。要知道，第一世的我和海因里希·开普勒都没能实现这件事。他和周围的朋友打了招呼，希望朋友能给他介绍异性朋友，如果有能认识女生的联谊一定要叫上他。要说第一世的我从没盼望过想象中的恋人出现，那一定是在说谎。海因里希·开普勒也一样。其实那个对象是谁都好，我们都渴望能和一个温婉可人的女子好好谈一场恋爱。

就这样，我和卡罗兰·霍普金相遇了。

*

“井上，你吃过鲸鱼肉吗？”

卡罗兰·霍普金瞪着她那琥珀色的眼睛，直勾勾地盯着井上由祐。井上由祐的确吃过鲸鱼肉。不知道现在还有没有这种情况，但他读小学的时候，可能是为了让打着科研调查名义的捕鲸行为更名正言顺，学校配给的营养餐里竟然很稀罕地出现过鲸鱼肉。还有一次是在大约半年前，看到居酒屋的菜单上写着鲸鱼肉，他图新鲜也尝了尝，没想到鲸鱼肉脂肪肥厚颇为鲜美。虽然担心会被明确反对捕鲸的卡罗兰·霍普金当作毫无人性的野兽，但井上由祐还是决定诚实以对。卡罗兰·霍普金并没有表现出批判的姿态，反而像是姐姐在听弟弟辩解一样，一本正经地听他讲述。

结果，第一次约饭并没有让两人的关系变得更为亲密。半价的“欢乐时光”一结束，卡罗兰·霍普金就匆匆离开了酒吧。倒不是井上由祐老实坦白自己吃过鲸鱼肉让她不开心了，而是因为接下来她恰好有约。卡罗兰·霍普金离开之后，井上由祐变得有点心神不宁，平常对歌舞伎町拉客者的招呼置若罔闻，今天竟然差点就跟着走了。

对井上由祐来说不知该说是好事还是坏事，和他相识时，卡罗兰·霍普金的贞操观念已和普通人无异。在墨尔本喧嚣的街头，她曾经来者不拒，和每个向她求欢的男人都睡过。而三年前，她彻底结束了这一堕落期。卡罗兰·霍普金的美貌毋庸置疑，但井上由祐被她吸引并非全因美貌，还因为她既不会太一根筋，又不会过分狡黠的个性。只是，井上由祐感觉到，对她而言自己似乎并没有什么异性的吸引力。不过，这也不是什么致命的问题。那时候，他并不确定卡罗兰·霍普金是否真的像我的恋人一样，对她还只是打心底里有一丝暗暗的期待。井上由祐本来朋友就少，过了三十五岁，与周围的人更是渐行渐远。在这样的情况下，身边能出现一位异性友人，就算没有进一步发展的意思，也是一件令人喜出望外的乐事。

然而，第三次约会后，井上由祐的心境陡然发生改变，他开始意识到自己的真命天女就是卡罗兰·霍普金，而且非她不可。那日，他们又来到了歌舞伎町的酒吧，卡罗兰·霍普金喝着超大杯的黑加仑气泡酒，和井上由祐讲述了自己在墨尔本从堕落期到回归社会的那段经历。

流连于墨尔本街头的卡罗兰·霍普金，染上了素有“毒王”之称的海洛因的毒瘾。一开始，夜店的一个家伙给她尝试了兴奋剂类的可卡因，后来觊觎她的美貌想和她上床的“药头”们不断给她尝试各式各样的毒品。吸食了冰毒、可卡因、迷幻药后做爱，让她体会到各种不同的快感，并且越来越深陷其中，不可自拔。慢慢地，她变得骨瘦如柴、伤痕累累。可是何时受的伤，她一点印象都没有。像是从山坡上滚落摔伤一样，她变得丑陋不堪。一般人的自尊心在这样的情况下早就像摇摇欲坠的满口烂牙一样全面崩塌了，她却依然坚定如常。最终卡罗兰·霍普金意识到，哪怕是为了获得海洛因而舔舐男人的身体，哪怕是毒瘾发作在房间里发疯，甚至大小便失禁，都无法激起她内心一丝波澜。当阳光透过脏兮兮的玻璃窗照进横七竖八躺着一堆废人的公寓时，卡罗兰·霍普金眯起眼睛眺望着太阳，幡然醒悟，自己该回归正常的生活了。留下那堆废人，她从那一带逃离出来，撕下自己身上贴了一年三个月的“堕落”标签。

第三次约会时，关于自己的经历，卡罗兰·霍普金就讲到这里。井上由祐几乎没有碰桌上的金汤力，他盯着她雪白的烤瓷牙，和从无袖上衣露出的双臂上闪闪发亮的金色汗毛，心跳加速不能自已。他简直不敢相信，与我的恋人如出一辙的女子就近在咫尺。绝不能错过这难得的机会，井上由祐心想。对于卡罗兰·霍普金而言，自己也许连备胎都算不上，但无论如何都不能错失这一良机。如果这次把握不住机会，不知何年何月才会再有这样的好事。自己绝不能重蹈海因里希·开普勒的覆辙。

*

德国籍犹太人海因里希·开普勒，曾经就职于柏林的一家汽车工厂。他从德国的实科学校毕业时恰逢经济大萧条，从离开学校到被这家汽车工厂雇用，差不多有十年的时间他一直没能找到稳定的工作。没升上有机会考大学的文理中学本来让他情绪有点低落，可是周围的年轻人普遍处于失业状态，大都挣扎在社会的边缘，所以他并没有感觉低人一等。当时，社会失业率高达百分之四十，年轻人的失业率更是超过百分之五十。之后，纳粹成为德国第一政党，通过一系列的经济政策使得失业率迅速下降。一九四三年，海因里希·开普勒终于有了一份正式的工作，成为一名汽车制造工人。他长大成人进入社会，正值世界经济大恐慌爆发前后——

在与卡罗兰·霍普金第四次约会时，井上由祐聊起了海因里希·开普勒的故事。当然，他并没有告诉她海因里希·开普勒是自己的第二世。他托辞，这是从有线电视的纪录片里看到的一个德国犹太人的真实故事。井上由祐之所以会聊起这个话题，一方面是想通过这样的故事展现自己也有不逊于卡罗兰·霍普金深入思考的一面，从而引发她对自己的兴趣，另一方面他的潜意识也有意要告诉她

“我们”的故事。井上由祐压抑着内心的冲动，恨不得立刻向她表白：在那个战火纷飞的年代，我也一直在思念着你。

现在看来，二十世纪四十年代的那场战争并不复杂。到原子弹爆炸为止，一直是物理层面的力量角逐。那之后的半个世纪里，人类社会鲜有以极端暴力冲突为手段的战争，取而代之的是通过合法合理的经济活动来进行掠夺剥削。虽然偶尔还有局部的武装纷争，但世界整体呈现出和平的态势，国家间的排名竞争不足以破坏现有格局。新兴国家的崛起看似是一大变数，然而所有的竞争最终都被既得利益消化殆尽。彼此不再大动干戈，不再讨价还价，取而代之的是直接漠视。结果，现行的格局得以维持，没有再引发新的世界大战，只有局部地区因不堪忍受现状爆发了冲突和恐怖活动。然而，维持现状所产生的负面因素，反而被顺势强加于这些弱势地区。这就是两次世界大战和冷战过后，人类建立起的世界秩序。

除了表现自己的问题意识，井上由祐尽可能地寻找出自己身上更多的优点，向卡罗兰·霍普金一一展示。比如，自己虽然只会讲一点点英语，但是英语阅读完全没问题。再比如，虽然没有什么拿得出手的兴趣爱好，但自己对什么都兴致盎然，不会扫兴。此外，自己的收入也不算太差。虽然悔不当初野蛮地吃了鲸鱼肉，不过自己还是十分认同他们的活动的。卡罗兰·霍普金像在观看什么珍奇动物一样，嘟着嘴审视着井上由祐。井上由祐不知道怎么做才符合她的心意，可是不管怎样，一定要让她把自己从朋友的名单上剔除，至少要先成为她的恋人候补人选。

*

我的恋人——卡罗兰·霍普金之所以会选择环球旅行，并在行程的最后一站来到日本，和一个“澳大利亚原住民”有着莫大的关系。她和这个“澳大利亚原住民”的相识，要追溯到她撕下“堕落”标签不久的时候。离开吸毒者混居的脏兮兮的公寓后，她拿着从那帮废人那里偷来的钱住进了廉价旅馆。那段时间以来，她第一次好好地洗了个热水澡。洗完头发的水变得一片浑浊，和掉落的头发一起流向排水口。全身的汗毛被水充分浸润后，她用手拂过自己的皮肤，手上粗糙的触感不禁让她回想起曾经平滑娇嫩的肌肤。然而，变丑的容貌并没有令她心生感慨。真正让她内心汹涌澎湃的，是痛骂NPO组织成员后拂袖而去的自己这么久以来还是几乎没有任何改变。随着堕落本应心生绝望才对，她却并没有那样。别人可能早就对一成不变、铁板一块的社会认命了，可她产生了怀疑：“真的只能这样吗？”她觉得，一定还有什么事情可以做，自己必须找到它。

三天后，卡罗兰·霍普金跑到附近的手工面包坊去买面包。现在居住的廉价旅馆连早餐都不提供。在那帮废人的公寓里，肚子饿了随手就能抓起冰冷的披萨和发霉的面包果腹，所以她没为食物发过愁。其实，在毒品的药效下，人几乎感觉不到饥饿。可是，美美地洗个热水澡，好好地睡上一觉后，原本身强体壮的卡罗兰·霍普金完全恢复了一直以来超乎寻常的食欲。即便她现在已经三十二岁了，胃口好这一点还和小时候一模一样。每次和她一起去酒吧，她都会点三份炸鱼薯条，然后几乎一个人全吃完。除此之外，意面、毛豆也是她的必点单品。

在墨尔本郊外的廉价旅馆里交了一周的房租以后，她的手头只剩下一点五美元的现金了。等到三十岁她就能取得祖母的信托资产，可现在距离三十岁还有一年多的时间。她手头的这点钱连一条法棍也买不到，货架上买得起的只有三小块一包的曲奇或是小松饼，但这么一点东西远远无法满足卡罗兰·霍普金超强的食欲。这间远离市区有点陈旧的手工面包坊里，除了她一个客人也没有，店里只有一位中年女店主。为了得到毒品惯用的美人计，在这里完全派不上用场。女店主紧紧地用眼睛监视着眼巴巴看着各种点心、法棍三明治的卡罗兰·霍普金。其实此时此刻，她确实想偷了就跑，店主的戒备不无道理。然而，一年三个月的废人生活使她的体力大为下降。她在脑中默默演示了一遍逃跑路线，看看如果抓起门口那个热气腾腾的三明治就跑，能否不被胖乎乎的女店主抓住顺利逃离。

就在此时，挂在店门上的铃铛响了一下，一个澳大利亚原住民走进店内。她之所以会认定此人是澳大利亚原住民，是因为他独特的身形和长相。他的肤色呈红铜色，脸上涂着白漆，裸露的肌肤不多，但上面纹着一看就是原住民的纹身。这个原住民从店门口的架子上拿起餐盘，毫不犹豫地用面包夹夹起了面包。卡罗兰·霍普金愤愤不平地用带着怨念的眼神追踪着他一连串的动作，突然，那个原住民朝她走过来，用并不十分娴熟的英语问道："有什么能帮你的吗？"

从插着羽毛的头冠来看，对方和自己完全不像是同一世界的人，不过对方如此自然而然地过来搭讪，卡罗兰·霍普金不由得放下了心中的芥蒂。她想，要是彼此能用语言沟通，让他给异性买个面包应该也不是什么大不了的事吧。

卡罗兰·霍普金一只手拢了拢凌乱的头发，干涩的发尾还残留着之前染过的红色。她告诉男子，自己的肚子很饿，可是手头只有不到两美元。对方的脸上没有任何表情，不知道是否听懂了她的意思。不过，他头上的羽毛装饰如同空调的叶片般摇摆着，像是在做出回应。

结果，不只是这一天，此后卡罗兰·霍普金想吃多少面包他就会买多少面包。她不是没想过这样的援助需要什么样的回报，只是结束了堕落的生活，她并不打算用做爱来回报对方。她想好了如何回绝对方可能提出的性爱要求，可对方实际提出的要求远远超出了她的想象。

卡罗兰·霍普金来到井上由祐所居住的日本，这个过程可谓是一波三折，但是事情的源头要从这个澳大利亚原住民的援助说起。不过有一点要补充说明一下，这个被她当作澳大利亚原住民的男子，其实是个日本人。他的名字叫作高桥阳平。而且，这个高桥阳平，就是将卡罗兰·霍普金介绍给井上由祐的高桥和也的堂兄。那么，为何高桥阳平会在墨尔本，还被卡罗兰·霍普金当成了澳大利亚原住民呢？用高桥阳平自己的话说，这是“走向终焉的人类之旅”的一段小插曲。

结束堕落生活的卡罗兰·霍普金接受了别的男人的援助，还开始共同起居生活，这让井上由祐越听越不安。不过，他还是决定，为保险起见，要听完她和高桥阳平一起旅行的详情。活了一百零三年的我们，眼前终于出现了一个最像“我的恋人”的女孩，而这个女孩就是卡罗兰·霍普金。虽然从她口中听到别的男人的事情很不好受，但是我们必须尽可能详尽地了解在她身上到底发生了什么。

*

高桥阳平他们一大家子不是医生就是律师。在他开始“走向终焉的人类之旅”的行程前，他也没有逆势而为，一直在神户市民医院当内科医生。二〇〇七年，井上由祐在辞去房地产销售工作之前，曾和高桥阳平有过一面之缘。井上由祐出差去神户，正好一直在准备司法考试的高桥和也也回到了老家，于是他们相约在神户三宫站附近的居酒屋喝酒。喝到中途，高桥阳平也来了，最后还是他买的单。他好像比我们年长四岁。他是在二〇一三年去世的，由此推断，井上由祐见到他时，他已离死期不远。

你们人类的人生只有一次，当知道自己时日无多时，一定会感到错愕，继而绝望。然而，还是有很多人得知自己死期将近时，会在最后有限的时间内，去竭力实现多年以来的夙愿。特别是那些年龄不大，身体尚可自由行动的人，更是如此。三十七岁的高桥阳平在得知自己的余生只剩半年时，脑中突然闪现出一个念头，一个以前想都没想过的念头——去做自己想做的事。有了这个念头以后，高桥阳平立刻展开了行动。为了在有生之年完成夙愿，他踏上了“走向终焉的人类之旅”。

知道自己余生不多，高桥阳平自然而然地接受了现实，甚至可以说是欣然接受了现实。难得你们人类中有这样对活着没有执念的人。也许这与他是内科医生，日常会接触死亡有关；也许和他一直没有结婚有关。高桥阳平他们家，在他爷爷那辈之前就已经相当富裕。人生的经验代代传承，他们家的孩子从出生长大到最终成家自立，一直受到良好的家风熏陶。高桥阳平的堂弟，也就是井上由祐的朋友高桥和也，虽然考了十来年司法考试都没考过，可还是气定神闲地继续努力着，最后终于柳暗花明取得了成功，这应该也算是他们的良好家风得以传承的明证吧。高桥和也向井上由祐谈及堂哥高桥阳平的死时，对高桥阳平的父母一脸敬佩。在这个大家族中，高桥阳平格外优秀，作为一名内科医生也广受同行和患者好评。刚从他口中听到他所剩的时间不多,可能仅有半年就要与家人诀别时，他的父母也十分愕然。然而，他们并没有就此沉浸在长吁短叹之中，而是对人生从没走过弯路的儿子深表同情。高桥阳平的父亲和他一样，也是一名优秀的内科医生。而他的母亲，在优渥环境的精雕细琢下，情感丰富而细腻。他们发自内心希望，在剩余不多的时间里，他可以随心所欲地生活。听说他想去环游世界，他们便立即欢送他踏上了旅程。

小时候，高桥阳平也曾是个心怀冒险梦想，想奔赴远方的孩子。

后来倒也不是压抑了自己的梦想，只是随着成长，自然而然地忙于日常生活中该做的事情，他就再也没有触及儿时的冒险梦了。如果不是发现自己年纪轻轻才三十多岁人生就只剩半年时间，他一定还过着发达国家标准的中产生活——说不上后悔，可人生也没什么亮点可言，到最后带着淡淡的痛苦结束人生。可是，现实不知该说是残酷还是幸运，他把自己的将死之躯装扮成了澳大利亚原住民。

“你知道塔斯马尼亚人吗？”

在墨尔本的某个角落里，他向卡罗兰·霍普金问道。

“塔斯马尼亚人？”

听着卡罗兰·霍普金的讲述，井上由祐不禁反问。本来井上由祐是在听卡罗兰·霍普金讲述来日的经过的，不曾想会蹦出一个什么澳大利亚原住民,而且这个所谓的澳大利亚原住民还是个日本人。更不可思议的是，这个人居然就是井上由祐认识的高桥阳平。很遗憾，当时井上由祐并不知道高桥阳平已经过世了。

“对，塔斯马尼亚人。井上，你知道吗？”

“我倒是知道塔斯马尼亚这个地方。”和第一世的我所生活的环境不同，井上由祐生活的时代，你们人类的生活圈已经扩展到地球上能去到的每一个角落。所以，在塔斯马尼亚，应该也有人居住吧。

“你不知道塔斯马尼亚人吗？”听到井上由祐这么说，卡罗兰·霍普金瞪着琥珀色的眼珠看着他，脸上的表情看不出是开心还是失望。她继续说道：“现在已经没有塔斯马尼亚人了。”

她用力按着井上由祐的小腹，起身从床上下来，用手拨了拨已经没什么染发痕迹的发梢，然后从叠放在一边的牛仔裤口袋里掏出手机。她对着手机屏幕噼里啪啦说了一连串英语，像是在确认一样点点头，然后把手机屏幕转向井上由祐。

塔斯马尼亚尽管有人类肖像，但在过去的五十年间，由于欧洲移民的灭绝战争而灭绝。

原来她在用谷歌翻译这段话，不过译文看起来并不是很准确。她告诉我，这是《星际战争》第一章中出现的一句话。因为欧洲各国的侵略，亚人类塔斯马尼亚人彻底灭绝。作家引为例证向世人警示，地球之外极有可能存在具有高度文明的外星人，他们一旦入侵地球，人类将会如塔斯马尼亚人一般遭受灭顶之灾。

想必不用我多解释吧，生活在墨尔本南部海域塔斯马尼亚岛上的原住民也好，你们人类也好，和我们一样同属于克罗马农人的体系。卡罗兰·霍普金用日语所说的“塔斯马尼亚人”，指的是高桥阳平所扮的澳大利亚原住民中住在塔斯马尼亚岛上的其中一个部族。大英帝国将自己的国民迁移到澳大利亚，在当时盛行的白人优越主义风潮下，他们将澳大利亚的原住民定义为亚人类。殖民入侵者的首要任务，就是驱逐澳大利亚原住民。他们或是毒杀，或是驱赶塔斯马尼亚人，大量的塔斯马尼亚人被迫迁徙到澳大利亚东北部遥远的弗林德斯小岛上，最后被活活饿死。殖民入侵者们想尽办法虐杀原住民，甚至用上了塔斯马尼亚人用于捕猎的工具。

当然，如何划分非我族类，是你们人类的自由。那条线如同国境线一样，随着时代的变迁而不断改变着。澳大利亚从英国独立出来后，在相当长的一段时间里白人优越主义仍然引领着社会风潮，但从一九七〇年开始，多元文化主义成为主流思想。在此过程中，人们开始达成共识，塔斯马尼亚人并非亚人类，他们和白人一样同属人类。人们开始对惨遭灭绝的塔斯马尼亚人深表同情和哀悼。此外，为了避免伤害原住民的感情，他们在称呼等细节上也做出了相应调整。他们弃用了容易让人联想到“被迫害者”的“澳大利亚原住民”这一标签，对继承了原住民血脉的澳大利亚人改称为“澳大利亚先民的后人”。

总之，卡罗兰·霍普金这么详尽地解释说明塔斯马尼亚人是怎么回事，目的就是为了告诉井上由祐自己参加反捕鲸运动的缘由。她加入的组织认为，鲸鱼是人类的伙伴。他们的依据是“鲸鱼头脑聪明，可以与人类交流”，而且现在鲸鱼中有很多品种已经濒临灭绝，所以必须立即停止捕捞。鲸鱼算不算人类的伙伴，属不属于濒危物种，颇有争议，不过，我们怎么可能为此与她争辩。而且她本来也不是在征询井上由祐的意见，因此井上由祐只是默默地听着卡罗兰·霍普金的讲述。

简而言之，卡罗兰·霍普金现在正处于“走向终焉的人类之旅”的旅途当中，参与反捕鲸运动是继承“阳平”的遗志所进行的一项最新活动。从墨尔本开始，她的经历就与高桥阳平息息相关。每每听到她把高桥阳平的观点当作自己的想法一样高谈阔论的时候，井上由祐就不觉心烦意闷起来。十万年来我一直幻想思念的恋人，她的心已经完完全全被高桥阳平占据了。井上由祐不由得有些悲观沮丧起来，也许自己将永远无法击退那个人的身影。

*

按照卡罗兰·霍普金的解释，余生只剩半年的高桥阳平开始的这场“走向终焉的人类之旅”，其实是对人类在地球繁衍成果的探访之旅。起源于非洲中部的人类，为了扩大生存范围一路北上，去到了第一世的我所知的克罗马农人、尼安德特人生活的部落，以及之后创造出高度文明的美索不达米亚（**注：古希腊对两河流域的称呼，广义是指幼发拉底河与底格里斯河中下游区域**）地区。在那里，人类分支出两派，一派前往欧洲大陆，另一派背道而驰去往东方。经过长途跋涉和时间的洗礼，他们中有的人去到井上由祐所居住的这片汪洋中的岛屿——日本列岛；有的人跨越亚欧大陆最东端的海峡，途经阿拉斯加前往南美；有的人一路奔波直至找到最终的落脚点澳大利亚，结束了第一轮“走向终焉的人类之旅”。

他们中的一些族群直接定居在沿线所经过的土地上，人类不断适应着环境的演变，逐步进化。然而，遗憾的是，在与其他肉食动物残酷的生存竞争下，在严寒等极端气候变化的影响下，你们人类以及我们的祖先智人之外的种群全部覆灭了。其实，高桥阳平所谓的“第一轮地球之旅”，既是人类向地球各个角落不断扩散的过程，也是躲避智人，防止生存空间被挤压的过程。

经过第一轮的地球之旅，人类成功地将足迹踏遍世界每一个角落。世界最先进的文明起源自古代的美索不达米亚地区，成熟于欧洲，但高桥阳平最关心的是定居在欧洲之外的其他土地上的人们。那些被称为爱斯基摩人、印第安人、澳大利亚原住民等各个种族，走到世界不同方向的尽头，找到了各自最终的栖息地，形成了各具特色的生活形态。在小学五年级的社会科学课上，高桥阳平第一次意识到他们和自己一样都是有色人种。后来，卡罗兰·霍普金说起“在墨尔本相遇时，起初我真以为你是澳大利亚原住民”的时候，高桥阳平表现得非常开心。要是按照自己小时候的梦想继续发展下去，说不定他不会当内科医生而是会成长为一名人类学家。然而，也许是宿命使然，他还是和父亲一样当了内科医生。或许想探寻去到世界尽头的有色人种的好奇心和使命感，并没有强烈到让他义无反顾地抛弃一切。直到自己被宣告时日无多，他才下定决心踏上“走向终焉的人类之旅”的寻访之路。高桥阳平计划将毕生的积蓄都用于这趟旅途。从美国中部残存的印第安部落，到阿拉斯加爱斯基摩人生活的村庄，再到澳大利亚原住民的圣地，他通通探访了一遍。当然，每去到一地，他就会用当地的部落服饰、妆容将自己装扮起来。

井上由祐听到这里，想起以前看过的古井由吉（**注：一九三七~二〇二〇，日本作家、翻译家，曾获得芥川赏、日本文学大赏、谷崎润一郎赏、川端康成文学赏等奖项，是日本当代文坛最具实力的作家之一**）所写的小说《当代往生别传》中的一节。一位高僧怎么都忘不掉小时候看到的师兄的恶作剧，临死之前他也将马具套在脖子上跳起舞来。高桥阳平的心理与这位高僧如出一辙。在强烈的紧迫感驱使下，快要被自己遗忘的想法又划过眼前，虽然去做了也不会带来什么实质性的改变，可是不去做就会死不瞑目。把马具套在头上跳舞也好，穿上原住民的服饰去体验他们的生活也好，两者别无二致。如同摘掉粘在脚上的米粒一样，他们只是用这种方式让自己感到痛快，让自己可以更加轻松、决绝地面对死亡。

*

“人类现在正处于第三轮地球之旅中。”

彼时，手握雪佛兰汽车方向盘的高桥阳平对坐在副驾驶的卡罗兰·霍普金开口说道。两人一同踏上旅途并非刚好顺路。卡罗兰·霍普金根本没搞清楚状况，就跟着高桥阳平上了车。

事情往前追溯，要回到十天前。在墨尔本郊外的那家面包店里，卡罗兰·霍普金看着女店主把面包装进纸袋，身体不由得颤抖起来。颤栗并非源于感动，而是海洛因戒断反应的常见症状。为了让身体早日摆脱对毒品的依赖，她坚持了很长时间不接触毒品。卡罗兰·霍普金晕倒在店内，脑中一片空白，记忆就停留在那个瞬间。等她苏醒过来，已经躺在高桥阳平汽车的后座上。就这样，她跟随高桥阳平回到他居住的酒店里。

高桥阳平不愧是优秀的医生，立刻意识到她的症状是怎么回事。作为一名癌症晚期患者，高桥阳平出国时申请携带了镇痛剂吗啡。为了防止卡罗兰·霍普金再度出现严重的戒断反应，他将吗啡分给了她。只是他严格管控着药品，逐渐为她减少用量。

开始共同生活的第一周，两人就从墨尔本港乘坐汽车渡轮来到了塔斯马尼亚岛。卡罗兰·霍普金并不知道高桥阳平为何愿意带上自己，可是在等待领取信托资产的这段时间，她根本无处可去，无所适从。所以，对她而言，什么都不问，愿意带自己上路再好不过。汽车在塔斯马尼亚岛上飞驰着，车内的两人都没怎么说话。每当高桥阳平把车停下来，卡罗兰·霍普金就会走出车外，欣赏一下草原、山丘，以及弯曲的山路间乍现的海景。高桥阳平则时而仰天长啸，时而随意躺倒在地。或许是不愿被问及自身的情况，她看着高桥阳平的举动，也什么都没问。

从塔斯马尼亚回墨尔本的路上，高桥阳平开始阐述“走向终焉的人类之旅”。在通往阿德莱德的乡村小路上，高桥阳平由一句“人类现在正处于第三轮地球之旅中”打开了话匣子。这位一身澳大利亚原住民装扮的日本人，打破了一直以来的沉默，手抓着方向盘，喋喋不休地聊了起来。

还在医科大读书时，高桥阳平曾两度赴海外进行专门的语言学习，现在的英语水平就是那时的学习成果。他利用暑假，第一次去了美国西海岸，第二次去了澳大利亚北部海岸。在国外生活了整整两个夏天，浸入式的学习使他的英语水平突飞猛进，他的托业考试几近满分。虽然不可避免还有些口音，但已经可以毫无障碍地用英语自如表达。卡罗兰·霍普金慢慢了解到第一轮、第二轮、第三轮人类地球之旅的差异，以及高桥阳平的一些个人信息。比如他是神户的一名内科大夫，身患绝症只剩不到半年时间，这次旅行是为了死前完成心愿，等等。高桥阳平夹杂着提到了自己的境况。随着他独特的讲述方式，卡罗兰·霍普金慢慢搞清楚了来龙去脉。

作为回报，卡罗兰·霍普金也把自己前半生的故事告诉给了高桥阳平。比如，十九世纪中叶淘金热时期，霍普金家的先人从英国移居至澳大利亚。虽然从小家境优渥，可自己的内心一直很难平静。与周围的人相比，自己的能力明显高出一截。还有自己所认定的NPO组织的意义，以及自己实际参与的行动本应对世界产生一点影响，可某一日内心深处萌生出无法抑制的强烈的违和感。随后自己莫名地产生了无处发泄的愤怒，甚至尝试彻底放纵自己过堕落的生活，可还是一无所获。

她说到最后，装扮成澳大利亚原住民的高桥阳平说道："我理解。"他紧握着方向盘，瞥了一眼副驾驶位上的卡罗兰·霍普金。空调吹出的风，把他用泥土固定的头发上插着的长长的羽毛吹得左右摇摆。

短短的一句话，让卡罗兰·霍普金感觉自己被全部包容和接受了。之后的旅途中，她的话更少了，只是默默地倾听着高桥阳平的讲述。

*

卡罗兰·霍普金兴致勃勃地向井上由祐解释起高桥阳平最后提到的“他们”。“他们”的存在，关乎第三轮“走向终焉的人类之旅”的最终去向。此外，值得注意的是，按照高桥阳平的说法，你们人类从二十世纪末开始，正式开启了第三轮走向终焉的地球之旅，而现在你们正处于这一轮旅途当中。

高桥阳平预计，伴随着以计算机为代表的IT技术的发展，机械、程序将能思考并拥有感情，侵入以前人类固有的无可替代的领域。卡罗兰·霍普金告诉井上由祐，俄罗斯制造的人工智能“十三岁的少年”，通过了区分人类和机器的图灵测试（**注：艾伦·麦席森·图灵提出的想法，如果一台机器能通过电传设备与人类展开对话，而不被辨别出其机器身份，那么这台机器具有智能**）。这一爆炸性新闻发生在高桥阳平死后，也就是井上由祐和卡罗兰·霍普金相识的数月之后。

程序和CPU产生的判断，已经达到了和人类不相上下的精度。技术壁垒一旦突破，后续的发展就会如鱼龙变化般一日千里，系统的规模将会迅速地大幅提升。精密的人工智从思维的质或量上全面赶超人类，将指日可待。迟早有一天，地球上最具智慧的存在，将从你们人类变为“他们”。而且，从进化的角度来看，“他们”拥有自主选择权，其效率的提升也是人类远远无法比拟的。有朝一日，当“他们”全方位占据绝对优势，人类的第三轮地球之旅就将走向终点。高桥阳平留下这些话，就离开了人世。当然，这些都还是后话。

高桥阳平说这些话的时候，卡罗兰·霍普金大多数时候都窝在雪佛兰的副驾驶位上，定定地看着他的侧脸。他们在阿德莱德停留了一晚，第二天一早喝了杯咖啡就立即启程驶上高速，一路向北。中途他们在一个港口城市吃了午饭，之后又继续北上。一路上，除了写着国道编号的黄色、绿色路标有所变化，沿线只有一排排矮矮的密林，看不到任何其他风景。途中，有一次高桥阳平猛地急打方向盘，颇为不满地发出啧的一声。一直专注地看着高桥阳平侧脸的卡罗兰·霍普金回过头一看，原来是有人撞死了一只小袋鼠，没做任何措施就任其倒在路上。几个小时后，雪佛兰突然驶出国道，拐入一条铺着红土的小路上。很快车子就到达了两人此行的目的地——一个澳大利亚原住民后裔居住的村落。位于沙漠之中的村庄，外围用铁丝网拦了一道围墙。进去之前，高桥阳平向对方展示了一个类似通行证一样的东西，对方立刻心领神会，让车辆进入了村庄。一下车，一位像是村落长老的老年人就面带微笑走了过来。

按理说，老人看到高桥阳平的装束，应该会一脸茫然才对。本来听说是从日本来的医学博士要搞什么研究，结果从车上下来的是一个假扮成原住民，头发还用泥土固定着的奇奇怪怪的家伙。穿着衬衫的同行女子看起来像是澳大利亚本地人，单从长相上看不出有多大岁数，可牙齿和毒瘾患者一样黑漆漆的。之前就有些家伙假借采访的名义，带着照相设备偷偷跑到圣地拍摄。眼前这二人不免也让人怀疑是不是想混进来搞什么名堂。

然而，老人的脸上没有一丝怀疑的神色，他早已见惯了跑来采访的各路人马，客气地伸出手与高桥阳平握了一下。高桥阳平利用自己的医生身份，通过正常渠道获得了采访资格。对他的打扮，原住民后裔的老人只评价了一句“这一身很适合您啊”，然后就按照平时接待访客的一贯步骤，邀请他们坐在沙发上聊了起来。高桥阳平一边专心聆听老人讲述原住民后裔的生活形态、培养守护传统文化接班人的辛劳，以及老人的家族成员等固定话题，一边点头随声附和。最后，老人说从这个村庄的圣地可以看到南十字星。

“怎么样？要不要去看看？”

老人的职责，就是按照接待来访者的流程，把客人们带到先人认定的圣地那里。强势文明顺理成章统一了世界，为了让连杂音都称不上的澳大利亚原住民微不足道的生活形态得以保存，接受善意的外来者不失为最好的方法。作为旅途中的消遣也好，调查研究也罢，是什么动机其实无关紧要。老人不是从理论上，而是从自身的经验出发，对此有着清醒的认知。

老人留在了家中，给高桥阳平和卡罗兰·霍普金带路的是一位穿着牛仔裤的部落少年。村庄里散建着一间间平房，房子与房子之间的间隔很宽，房前的空地不知算不算是院子，都没有围墙。又走了一段路，就再也见不到民房，只有星星点点的矮树丛。少年一脸不爽地往前走着，高桥阳平跟在他身后，时不时就咳嗽一阵。在卡罗兰·霍普金的眼中，两个人形成了鲜明的对比。之前一直都是开车移动，她并没有特别觉得高桥阳平已病入膏肓。可现在这样走着，她切实感觉到他病得很重。原住民妆容下透出的脸色，暗沉得有点吓人。

三个人气喘吁吁颇为费力地爬过一个小山丘，前方豁然开朗，一片火红的沙漠映入眼帘。广袤的沙漠一直延伸至地平线，与天空相接。白天自然无法看到南十字星，只见一望无垠的苍穹上几片如鱼鳞般细碎的白云随风卷舒。

驻足在这里的不止他们三人，他们前边还站着三个人。其中两个人穿着鹅黄色的工作服，和火红的沙漠形成鲜明的对比，另一人和给他们做向导的年轻人一样，也是当地的少年。卡罗兰·霍普金把目光移向高桥阳平，他似乎正在凝视前方的两位访客。她猛然回想起刚刚到达村庄时，高桥阳平说“我们到达第一轮走向终焉的人类之旅的最后一站了”。紧接着，一旁的高桥阳平像是被什么吸引过去一般，走向了那三个男人。

*

“人类现在正处于第三轮地球之旅中。”

高桥阳平是在从墨尔本前往下一个落脚点阿德莱德的汽车里提起这个话题的。不过，阿德莱德只是此行的一个中转站。此次澳大利亚之行的目的地，是澳大利亚原住民部落和他们的圣地。坐在副驾驶位的卡罗兰·霍普金，大口大口地嚼着在超市买的牛肉馅饼和巧克力酱牛角包。而高桥阳平只是盯着前方道路，一个人自言自语般地讲述着。这一路，两个人如同在街边同一屋檐下躲雨的行人，保持着一定距离，却又有着无尽的发展可能。突然，高桥阳平的语调前所未有地高亢起来。

卡罗兰·霍普金不由得回问道：“第三轮？”

“没错。而且我们差不多要走完第一轮地球之旅了。”

高桥阳平到底在说什么，卡罗兰·霍普金完全一头雾水。不是第三轮旅行吗，怎么又说马上要走完第一轮了？她不再出声，高桥阳平又目不斜视，自顾自地讲了起来。

“作为一名有色人种的后裔，我正在进行朝圣之旅，要将第一轮地球之旅的主角们——各地的原住民所生活的土地都转上一圈。你看，像我扮的澳大利亚原住民就是第一轮地球之旅的主角之一。人类在第一轮地球之旅时,走遍世界各个角落的就是我们有色人种。去到天涯海角的先民们，决定在世界的尽头生活下去。他们在同一个地方春耕秋种、繁衍生息，将自己当作社会发展的燃料，使生命之火永久地燃烧下去。然而，这也意味着停滞、定型。是啊，人们在那里为了活着而活着,这样周而复始地进行生死循环,意义何在?这不就相当于从‘生=生’这个等式的左边走到右边吗？所以，这样活着，变得毫无意义了。而第一轮地球之旅结束之前，却并非如此。在周而复始的生死循环之外，人类在不断移动迁徙、扩大地盘。怎么描述这种变化都好，总之那时人类在不断孕育、积累着。然而，人们走到了世界的尽头，在那里找到了最适合自己的生存模式，于是就按照既定的生活方式，重复着燃烧自我、生生不息的循环往复。至此，人类第一轮的地球之旅结束了。我在小学五年级时意识到了这一问题。但是，要向不了解这一点的人们进行说明，就需要足够的证据。如果早知道会这样，如果早知道我年纪轻轻生命就会结束，我可能早就出发去寻找证据了。毕竟现在的我，人生始终没能找到一个归属。我呀，太容易为感情所左右。不只是自己的感情，也不只是父母、兄弟、朋友、周围人的感情，甚至周围流动的空气等所有这一切，都在左右着我。不过，多说无益，我也不知道为什么，总之现在我对人类走到世界尽头的这一过程充满好奇，兴味盎然。由于各种各样的原因，我的人生不知不觉已经虚度了大半。从一开始我就该这样，踏上旅途，去追寻人类去往世界尽头的脚步。”

坐在副驾驶位的卡罗兰·霍普金默默地听着他的讲述，心里不由得打了个问号，他所说的“就该这样”指的是装扮成澳大利亚原住民的样子吗？

站在红色沙漠这一澳大利亚原住民的圣地上，卡罗兰·霍普金身边的高桥阳平兴奋不已。他右侧脸颊的肌肉在抽搐，眼角微微向上挑起。高桥阳平迈开步子向前方的三人走去。穿着荧光色工作服，双手交叉抱在胸前的男子先看到了他。男子像是看到什么有趣的东西一样，脸色啪地一下变得明亮起来，然而很快他的表情就变成了一脸诧异。

接着，高桥阳平和他们热情地攀谈起来，站在原地的卡罗兰·霍普金完全不知道他们在说些什么。

她之所以一个字都没听懂，是因为他们讲的全部是日语。

*

“讲的是日语？”

井上由祐惊讶地对横躺在身旁的卡罗兰·霍普金问道。事态怎么会有这样的发展？为什么他们会这么突兀地讲起了日语呢？

“没错，就是日语。”

“怎么回事？”

“因为那几个人也是日本人。”

“日本人？他们在那里干什么？”

当时卡罗兰·霍普金还完全不懂日语，所有的状况都是事后才搞清楚的。高桥阳平之前并不认识穿着工作服的那两人，也并非事先约好在此碰面。那时，卡罗兰·霍普金一心只希望高桥阳平可以在死前完成所有的心愿，她一边一脸发蒙地看着眼前的景象，一边乖乖地站在他身边等候。

高桥阳平走到穿着工作服的二人面前问道：

“您二位来这里是做什么呢？”

先到这里的两个人有着非来不可的充分理由。他们是宇宙航空研究开发机构的工作人员，之前他们机构的小型探测器曾在这片区域着陆，这次是来核查确认相同的方案能否再次施行的。突然被人用日语叫住，两个人当然十分惊讶。眼前这个人，比带领他们来此地的向导少年更像一个澳大利亚原住民。虽说他们已经熟读之前的项目资料，可毕竟这里是澳大利亚原住民的圣地，很难说二人会不会在无意间冒犯了当地人的什么禁忌，或是有什么手续还没有完善。二人不知所措地看着高桥阳平，其中一人回答了他的问题。

“行星探测器？”高桥阳平反问道。

“是的，小型的那种。这是十年来发射的第二架。”其中一人答道，“那您是？”那个工作人员刚想对高桥的身份一探究竟，话才出口就被高桥阳平高亢的一声“要去宇宙吗”给打断了。

高桥阳平的声音像坏掉的音响设备一样，毫无征兆地提高了音量。卡罗兰·霍普金、两个澳大利亚原住民后裔少年，还有宇宙航空研究开发机构的工作人员都被他吓了一跳，他们一齐看向高桥阳平五官深邃的脸庞。他像是中了魔咒似的，一边走来走去，一边喃喃自语般嘟囔着“要去宇宙吗，对哦，去宇宙啊……”“这样啊，要发射到宇宙中去啊。对哦，还有这个选项呀。不过，情况怎么样啊？你们宇宙航空研究开发机构，就是大名鼎鼎的JAXA对吧？我知道。其实我也是日本人，和各位一样是有色人种。我现在正在进行‘走向终焉的人类之旅’。第一轮地球之旅，向各地迁徙，最终走到天涯海角，到达世界尽头的就是我们有色人种。我这次来是想探访人类最终的栖息地，像当地的原住民一样漫步在他们生活的土地上。我此行的最后一站就是这里。没想到在这片圣地上，在澳大利亚原住民后裔的引导下，能与您二位JAXA的工作人员相遇，这是不是上天的启示啊？我们日本人，同属有色人种的我们，不约而同地来到了世界的尽头。而且，你们从事的是宇宙开发的工作，难道说宇宙才是我们的终极目标？人类的第一次世界探索之旅，其实就是在不断扩张物理性的生存空间。然而，这并没有解决掉人类的问题。在第二轮地球探索之旅时，人类统治了这个星球，重新制定规则。现在，人类第三次踏上世界的探索之旅，如果不能有的放矢，只怕走向宇宙也仅能止步于观光。只是一味地不断扩张，结局就像过去一样，只是走到天涯海角而已，结果不过是让优胜劣汰的竞争没那么激烈罢了。”

穿着工作服的二人嘴角微微上扬，似笑非笑地听他讲了一大堆卡罗兰·霍普金听不懂的日语。高桥阳平语毕，对两人行了一个礼，朝着眼神迷茫像是在梦游一般的卡罗兰·霍普金转过身来。

“差不多该进入第二轮旅程了。”这次，他讲的是英语。

“从现在开始，你就是主角了。”

卡罗兰·霍普金也照着他的样子向对方行了个礼，然后两个人开始往回走。从这里开始，他们开启了“第二轮走向终焉的人类之旅”的巡礼。沿着高速公路，他们穿过澳大利亚南部和新南威尔士州，花了一整天来到悉尼机场。他们启程飞往的目的地，就是人类第二轮地球之旅的初始地之一——葡萄牙。

*

在那片沙漠，高桥阳平到底用日语说了什么？被指定为第二轮地球之旅主角的卡罗兰·霍普金，试图对这场旅途做出自己的解读。在开着雪佛兰轿车移动的途中，高桥阳平把对两个日本人所说的话，都用英语一一转述给她。那些听起来没头没尾、毫无关联的言论，一定令JAXA的工作人员一头雾水，不知所措吧。可是，卡罗兰·霍普金通过这些内容，对高桥阳平的意图有了大致的了解。在她看来，这个人讲话就是这样，从不提细枝末节，只喜欢讲个概要。当然，也许是语言因素所致，可能用非母语讲话时每个人都会这样。通过连日来的一路热聊，或许是被时日无多的高桥阳平的热情和执着感染，她开始觉得这次旅行才是她的人生使命，是她现在最应该从事的工作。生活在这里的自己，正是从非洲中部起源的人类经过“走向终焉的人类之旅”留存下来的结果。当然，不只是自己，在这个星球上生活的每个人皆是如此。这是多么玄妙又危险的旅程。猛然间，她不觉恍惚，这个生活着七十亿人的地表宛如汪洋中的浮岛，近在眼前却又触不可及。

“然而，我始终认为，人类迟早会迷失方向。一九四五年，人类第二轮世界之旅宣告结束。从那时起刚好过去半个世纪，一九九五年，人类正式开启了第三轮地球之旅。不过，如今的第三轮旅程，我们所绕行的并非是实际的土地，而是传播到这个星球各个角落的我们人类的内在世界。”

两人从葡萄牙的波尔图机场出发，去到里斯本的波尔特拉机场。这一日，他们乘坐地铁、电车在里斯本市内观光一番，并登上了贝伦塔和达·伽马塔。在那里，高桥阳平穿上了金线镶绣的藏蓝色长袍，腰间系了一条金色腰带，还戴了一顶同样用金线绣着船锚的帽子。入住机场附近的廉价旅舍后，卡罗兰·霍普金向他询问今天只是单纯观光吗，高桥阳平答道，“第二轮去往世界尽头的巡礼之旅已经开始了”，并把自己的服装展示给她看。她问他自己是否也要换装，他只回了一句“随你喜欢，想怎样就怎样”。高桥阳平说，相比有色人种的自己，第二轮“走向终焉的人类之旅”更契合身为白人的卡罗兰·霍普金。而且，以自己的寿命，不知道还能不能完成这趟旅程。

“第一轮地球之旅，人类将脚步遍布了整个星球；第二轮地球之旅，人类决定了这个世界效率最高的运行法则。从现在开始，我们去再现这个法则形成的过程。”

他丝毫不介意随身携带的速溶咖啡已经有点受潮，直接用开水冲了两杯咖啡。二人用杯子暖着手，继续聊天。

“这一步结束了，我们就要去探寻第二轮地球之旅的终点。走完第二轮，接着再去追寻第三轮，也就是去到当下这个时间点。卡罗兰·霍普金，你准备好了吗？不管到那时我是不是还活着，你都要以这一路旅程中感知到的东西为基础，去探索第三轮人类地球之旅的生存规则，看看到底什么才是最适合的，什么才是正确的。就我目前的认知，第三轮旅程开始后，国与国之间的国境线将会消失，生存空间直接联系在一起的人们会为了争夺内在世界的话语权再起纷争。其实，到第二轮为止，我们人类之所以一直争斗不断，根源在于人们试图占领他人精神世界的欲望。每经历一轮地球之旅，就会去伪存真。到了第三轮，人类真实的欲望呼之欲出，被彻底暴露出来。当然，如果没有这样的欲望，我们人类可能早在远古时期就已经灭绝。我马上就要死了，可是不能说人类将来会怎样就与我无关。其实，我小时候就清晰地认识到我们的危机，本应去想办法应对。我有这样特殊的能力。即便是现在，也还有这个能力。也许我应该去当个作家。然而，我已经没有时间再去创造机会影响全局的发展了。所以，我想着至少去体验一番吧，至少与它产生联系。我找到了真正感兴趣的点，并促使自己付诸行动，我得继续走下去才行。总之，现在……”说到这，高桥阳平猛咳了一阵。他啜了一口咖啡，又看向卡罗兰·霍普金。他锐利的眼神，如同在风暴中确认船身是否安好的水手一般。两人躺在各自的床上，你看着我，我看着你。

高桥阳平知道，卡罗兰·霍普金是想问自己，把旅行继续下去的重托交给她是否合适。作为在这世间走过一遭的证据，他本来想自己完成却无法完成的旅途，将由卡罗兰·霍普金代为走完。哪怕是一丝一毫都好，只希望她能将自己的精神传承下去。她究竟能不能完成他的嘱托？沿着他的行程，在完成人类第二轮地球之旅的巡礼后，自己开始第三轮的追寻。她能否有自己的真知灼见，能否明辨是非？成败与否，高桥阳平都无从得知。卡罗兰·霍普金暗暗下定了决心，她要全力以赴辅助他，在他生命走向尽头的最后这一点时光，要让他按照自己的设想，沿着旅途所带来的启迪继续往下走。

“因为，我已经没有时间了。”将要死去的男人盯着她的眼睛说道。我的恋人完完全全被这个男人蛊惑了。

*

卡罗兰·霍普金的思绪，又沉浸在她和高桥阳平重走“走向终焉的人类之旅”的回忆当中。听了她的讲述，我对已经辞世的高桥阳平的想法已经有了大致的了解。其实，他所思考的内容，基本上是推测和想象。所以，这变相证明了我的精神世界要比他更为复杂、更为深刻。也可以说，我的思想几乎涵盖了高桥阳平所想。

然而，在里斯本的酒店里，激情澎湃地对着卡罗兰·霍普金阐述自己想法的人是高桥阳平，而不是我。

我安慰自己，那是因为她对我还不了解。如果她了解到我这个克罗马农人所拥有的凌驾于高桥阳平之上的广阔深入的思考，那么，她对原来那个男人的印象一定会越来越淡薄。我想，只要能把第一世的我的思考全貌准确地传达给她，情况必然会截然不同。不过，就凭井上由祐一个人能做到吗？说不定会让她把“我们”的事情当成荒诞的天方夜谭。也许，压根就不该再想着怎么吸引她注意自己，不要再提什么过去的事情，可能以井上由祐的身份陪伴在她身边还更为明智。

当第一世的我一心一意致力于记录自己的洞见时，居住在附近的尼安德特人曾经来过我的洞穴参观。一位尼安德特少女会时不时给我带来一点食物。我学会了几句他们使用的语言，问她为什么会来这里，少女迸出几个单词，大意是“你们”“我想了解”。少女模仿我的样子，直接用手指沾着珍贵的颜料，在我的记录旁边边画边玩起来。拜她所赐，洞壁上不再只有对于你们人类来说宝贵的真理，还出现了拉冈巴的画和小小的手印。不过，我并不觉得这有什么不好，随她高兴让她尽情去画着玩。

你们人类的进化以竞争为核心。因此，第一世的我预料到，同时出现克罗马农人和尼安德特人两个相近的人种，必然只有一方能得以留存。按照高桥阳平的思路，这是人类第一次世界之旅的过程中必然会发生的淘汰。之后，以克罗马农人为祖先的人类朝着地球的各个角落移动迁徙。接下来，就演变为你们人类内部的各个人种和民族积蓄力量，争夺霸权。一番争斗之后，你们试图展开第二轮地球之旅，然而事态并没有如你们所愿顺利发展下去。十三世纪，蒙古帝国开疆拓土，绘制了横跨亚欧大陆的巨大版图，然而他们仍旧没能掌控地球的每一个角落。被高桥阳平当作第二轮地球之旅起始者之一的瓦斯科·达·伽马舰队，在十五世纪末发现了经由非洲大陆去往印度的航线。更早之前，同为葡萄牙人的巴托洛梅乌·迪亚斯到达了好望角，哥伦布一路向西去到了美洲，可这些都只是一个开端。人类真正展开契合第二轮主题的行程，是在大航海时代之后，以大航海时代的成果为基础开始的侵略时代。卡罗兰·霍普金向井上由祐讲述的虐杀塔斯马尼亚人，使亚人类彻底灭绝的事情，也发生在那个时候。

*

为了时日无多的高桥阳平，卡罗兰·霍普金急于前往下一个目的地，她只是偶尔吸食一点他携带的吗啡，以防出现毒品戒断反应。然而，离开里斯本波尔特拉机场在伊斯坦布尔转机时，两人因为好奇跑到了阿塔图克机场候机楼外逛了逛，再进入机场安检时，高桥阳平所携带的吗啡被没收了。虽然他把在日本开的医疗麻醉用药证明交给海关解除了误会，但不知为何，放在随身行李的吗啡并没有立刻还给他们。卡罗兰·霍普金以为自己已经不再依赖毒品，完全放松了戒备，谁知在飞往南非共和国的飞机上出现了严重的戒断反应症状。由于当天是去到机场才购买的机票，所以他们没有买到相邻的座位，分别坐在不同排的位置上。当时，一位空乘人员死死地按住卡罗兰·霍普金，她紧咬牙关，拼命用头撞向座位上的头枕。空乘人员询问乘客中是否有医生，高桥阳平举起了手。他被迅速带到病人面前，这才知道原来急需治疗的人就是卡罗兰·霍普金。他向机组人员说明病人是自己的同行者，在机组的协调下把座位调换到她的旁边。结果，一直到开普敦机场为止，在机上的最后六个小时，卡罗兰时不时就会近乎发狂地拼命扭动身体，直到耗尽全部气力才沉沉睡去。

现在卡罗兰·霍普金已经从毒品中完全脱离出来，井上由祐从来没见过她注射或者吸食任何药物。她只会大量饮酒。昨晚，她一边回忆第二轮“走向终焉的人类之旅”，一边喝光了一瓶气泡酒和一瓶红葡萄酒，还另外开了一瓶红酒喝掉了大半。井上由祐一点一点小口抿着酒，当了一整晚的听众。喝了那么多酒，她却面不改色，只是讲话似乎有点大舌头。仔细看，她的眼神好像也变得有点不聚焦了。估计她已经有几分醉意。不过，也有可能并不是酒精的作用，而是她沉湎于高桥阳平的故事和“走向终焉的人类之旅”的话题当中不可自拔。为了不让讲话的速度减慢，她把自己最喜欢的零食奶酪一字摆开。一袋奶酪里面装着六小块，她将每块上的锡纸包装撕下来，然后顺着讲话节奏一块一块放入口中。她的话语一下都没中断，一边说话，一边嚼奶酪，然后就着红酒咽下去。

中途，井上由祐去了趟厕所，等他回来时，卡罗兰·霍普金已经横躺在那里。桌子上摆放着奶酪和白色的牙签瓶，还有一颗她的门牙。井上由祐一边小心翼翼地避开她散乱的头发以免踩到，一边把她拖到沙发上让她躺平。他给她盖上毯子，心中暗想：刚刚到底发生了什么？难道是她把陶瓷的牙签瓶当成奶酪咬了一口，然后门牙崩掉了？还是她突然想起了什么，所以特意把这几样东西摆成一排，然后精疲力尽睡着了？

第二天早晨，井上由祐等她醒来一问，她却一点印象都没有，对于自己少了颗门牙的样子也毫不介意。卡罗兰·霍普金用毯子裹着身体，只露出一个脑袋，就像不曾睡过觉，话题没有中断过一样，又继续兴致勃勃地聊起了“走向终焉的人类之旅”。

*

顺利抵达开普敦机场后，高桥阳平立即从行李转盘上拿下自己的行李箱，掏出吗啡给她注射了一针。他将浑身起满鸡皮疙瘩、不断颤栗的卡罗兰·霍普金横放在椅子上，观察了一阵后判断应该不用再做其他处理。过了半小时，她逐渐平静下来，恢复了常态。他们进到一家咖啡厅，卡罗兰·霍普金喝了一杯意式浓缩咖啡和一杯水，吃了一块三明治外加一个甜甜圈。

大西洋和印度洋交汇之处的好望角，是人类开始第二轮世界之旅的重要地标之一。葡萄牙人巴托洛梅乌·迪亚斯发现此地后，欧洲人为了直接和印度人进行胡椒贸易，开辟了新航线。机场位于内陆，从这里看不到海岬的风景，因此二人租了车，开了差不多一个半小时的路程，来到开普半岛的最南端。站在开普点（**注：又称“迪亚士角”，在好望角的东面，是观赏和拍摄好望角全貌的最佳地点**）远眺好望角，风急浪高、惊涛拍岸，零星几只海鸟划过天空。卡罗兰·霍普金早早把头发紧紧扎好，虽然浪大风急，头发却纹丝未乱。时而几只海豚游过，卡罗兰·霍普金静静地远眺着，看着它们横穿海面时溅起的浪花。这时，远远地出现了一头离群的巨大海豚。它宛若冲上云霄的剑一般，从海面一跃而起又直插入水面。它像是在享受着重力带来的快感，接着一个转身舒展开庞大的身躯沉入海中。那不是海豚，是鲸鱼。

之后又过了两周，二人继续着“走向终焉的人类之旅”的旅程，踏上了人类第二轮世界之旅初期——大航海时代的风云之地。这段时间他们一直在赶路，不是在飞机上就是在转机的机场里。他们首先从南非约翰内斯堡机场出发，飞往印度的卡利卡特，在十五世纪末经由好望角来到印度帝国的葡萄牙舰队所到访过的这座城市里漫步。不过，二人并没有时间好好休整，就沿着阿拉伯海北上，经过印度西部，来到位于印度古吉拉特邦的艾哈迈达巴德机场乘飞机离开。然后在肯尼迪国际机场转机，去往海地的太子港机场。从这里他们转走陆路，进入了多米尼加共和国。他们在伊斯帕尼奥拉岛的圣多明各停留了一晚。在这座城市，来自西班牙的征服者之一的埃尔南·科尔特斯度过了自己二十岁生日，步入成年。这个被后世称为探险家的征服者，从这个岛的统治者那里学会了各种残酷的手段，并运用于日后的侵略行径当中。

如今，埃尔南·科尔特斯的发展轨迹可以轻松得以复制。高桥阳平和卡罗兰·霍普金从多米尼加的蓬塔卡纳机场出发，飞往中转站迈阿密，稍微欣赏了一下迈阿密的海景就来到墨西哥城。高桥阳平已经是第二次来到这座城市，听说上一次他在这里把自己装扮成了墨西哥原住民阿兹台克人的模样。和之前的澳大利亚原住民的装扮相比，包裹身体的布料是色彩更为明艳的大红大绿，头冠的羽毛也更为夸张，羽毛的数量要比澳大利亚原住民的多得多。这一次，他穿着高领上衣，脖子上挂了一个金色十字架，头戴一顶帽檐宽大的黑色帽子。

西班牙征服者刚抵达这里时，被当地原住民当成了传说中的“白神”。十六世纪，阿兹台克帝国被西班牙征服者覆灭。与卡罗兰·霍普金想象中的样子不同，这个王国曾经的首都，现在完全是一派现代城市的模样。人们把第一轮世界之旅时所创建的这座城市，称为“特诺奇提特兰”，现在留存的“墨西哥城”就建立在其废墟之上。他们以博物馆为中心，参观了这座城市的古代遗迹和出土文物。在充分了解特诺奇提特兰/墨西哥城之后，二人又租了车，从内陆驱车前往墨西哥湾沿岸的港口城市韦拉克鲁斯。阿兹台克帝国的征服者埃尔南·科尔特斯，违背自己的上司总督大人的命令后开始单独行动，作为其侵略据点，他首先创建的殖民城市就是韦拉克鲁斯。

*

“卡罗兰，你知道吗，从里斯本到这里，我们的这趟旅途正在重走人类的规则转变之路。倘若没有规则的改变，人类的第二轮世界之旅就不会存在。毕竟经过第一轮地球之旅，人类的足迹已经遍布每一个角落，地球上早已没有未开垦的处女地。然而，第二轮地球之旅还是真真切切地发生了。”

在墨西哥城首屈一指的高塔上，二人在最高层的餐厅里难得从容地吃了一顿晚餐。距离高桥阳平在里斯本的廉价旅馆里说“我已经没有时间了”，又足足过去了二十天。这一路为方便起见，两个人吃睡都尽量从简。一个是身患重病的病人，一个是刚刚戒毒的毒品依赖者，这一程他们已经相当疲累。即便如此，虽然高桥阳平常常会痛苦地猛咳一阵，但还是不断地讲述着。而卡罗兰·霍普金也没有丝毫懈怠，一直聚精会神地倾听着。

“如果建立一个不同以往的全新规则，再重新寻迹这个星球，就会发现一大片广阔的处女地。就像最普通的力学原理‘水往低处流’一样，人类试图将自己的势力注满所有的洼地。在推进第二轮地球之旅的过程中，各个共同体打起各自的旗号，制定了不同的规则。究竟哪一个规则才是最‘正确’的？各个共同体为此相互竞争，展开了意识形态的争斗。第二轮地球之旅的决胜者们，制定出新的规则或造成既定事实，将住满其他种族的地域视为‘处女地’。在新的世界观的观照下，对地图进行了改写。只有创造出最高效世界的人，才有资格留下来。”

虽然高桥阳平说第二轮旅程的主角是卡罗兰·霍普金，但是对整个旅程进行解释说明的人还是他自己。不过，对此她毫无异议，只是用心倾听着他的见解。

大航海时代完结后，以大航海时代的成果为基础，侵略时代拉开了帷幕。到墨西哥为止的旅程，改写了世界通行的规则。结束了重走这一过程的旅途，二人即将正式踏上寻访第二轮“走向终焉的人类之旅”的新旅程。经历了两次世界大战后，无论是联合国还是轴心国，都不得不面对人类之旅的终点。

*

今天，井上由祐和卡罗兰·霍普金久违地来到HUB喝上一杯。刚刚认识那会儿，他们俩经常来这家酒吧享受“欢乐时光”的半价优惠。卡罗兰·霍普金正要开始讲述和高桥阳平从墨西哥城经肯尼迪机场来到德国慕尼黑的这段旅程，她忽然抬起头默默合上了嘴巴。

井上由祐回过身顺着她的视线看去，原来从天花板垂下的大屏幕上，碰巧在播放葡萄牙对墨西哥的足球赛。她要讲述的那段旅程的后续，恰好关乎这两个国家的命运。此时此刻，她一定又回想起死去的高桥阳平吧。

屏幕画面由足球切换为突发新闻。这是一则引发全球轰动的中东恐怖组织的新闻。她像是入了神般定定地盯着屏幕。

*

“‘走向终焉的人类之旅’的第一轮旅程中，印第安部落的各分支去往美洲大陆各地安居乐业。西欧的入侵者们，按照自己制定的规则在第二轮地球之旅的过程中，从东海岸一路强取豪夺到西海岸，侵占了原住民们的土地，夺取了他们的生命。”这就是高桥阳平在墨西哥城所讲述的后续——这之后，规则一直在调整演变。在美洲大陆取得既得权后，英国的殖民者之间又产生了纷争。殖民者军队取得胜利后，伴随着工业化进程的发展，他们内部围绕对奴隶解放制度的赞同与反对产生了严重的分歧，分成了南北两派，从而开始了内战。受此影响，原住民和美洲野牛濒临灭绝。在美国这块土地上，展开了相较世界其他地方更为残酷惨烈的规则重写，但由此也产生了最为自我完善的强大生产力和巨大市场。在“第二轮地球之旅”的终章，他们成了世界的主角。殖民者们独立后所创建的新兴国家，信奉“现世的能力”，也就是按照资本、IQ、容貌身材将人划分出三六九等，把在此基础上的自由和平等当作正义，并试图将这一规则推广至全球。

而在大洋彼岸，是以爱国忧民为背景，体现欧洲排外主义的纳粹德国。如果说美国讴歌的是“现世能力下的平等”，那么纳粹德国标榜的则是“对绝对性的赞美和同化愿望”。

看似完全相反的两个要素，却同时存在于这两个共同体的内部。比如，美国的宗教右派重视“教义的绝对性”，无论是在当时，还是在现今，都具有一定的影响力。而谋求出人头地的纳粹党员，追求的其实就是“现世的能力”。为了形成更强有力的共同体，相反的两个要素在各自的内部中相互倾轧争斗，似要辩出个是非对错。结果，在两个共同体中，的确表现出某一个要素更为突出。然而，不管是哪个共同体，所进行的活动其实都不差上下。各个共同体都在为了让更多的人信仰本共同体的核心价值而竞争。于是，为了获胜，他们将各自的意识形态提炼得更为简明，并将其进一步扩散。受第一次世界大战战争赔偿和世界经济大恐慌的影响，经历了经济崩盘的德国民众，对纳粹标榜的民族优越性的叙事逐渐感到疲惫厌倦。而以在武力保障下的通货为核心，向着金钱游戏突飞猛进的美国式平等，最终侵蚀了德国民众的世界观。

第二次世界大战期间，纳粹所设定的意识形态发挥重要作用，触动了民众。党首个人对信念的执着，进一步加强了共同体的凝聚力。种族灭绝大屠杀的产生，也是纳粹德国的凝聚力远远强于他国的一个明证。然而，历史上还是美国在战争中取得了最终胜利。作为人类第二轮地球之轮华丽的谢幕，他们在远东的国度，点燃了一场盛大的地狱烟火。

因此，在凝聚力上，纳粹德国的确更胜一筹，可核心价值观的适用范围却是美国的更广。如果纳粹德国能将只适用于少部分人的价值观巧妙转换，以扩大其适用范围，那么将第二轮地球之旅谢幕的核弹投向世界的，也许就是纳粹一方。

*

在寻访纳粹德国建造的集中营遗迹时，高桥阳平迎来了生命的最后一刻。这个地方恰巧就是第二世的我——海因里希·开普勒最终被囚禁致死的达豪集中营。高桥阳平和卡罗兰·霍普金混在前来参观的游客队伍中，穿过雄踞于营房上方的监视台铁门。

“谢谢你一路陪我走到这里。”

这么久以来，他第一次向她讲出表达谢意的话语。对卡罗兰·霍普金而言，她已经找到自己踏上旅途的意义，所以听到他特意的感谢反而有点小意外。铁门里空空如也，当时的兵营都已不复留存。除了远远能看到管理人员的大楼和监视塔以外，眼前只剩下一大片开阔的空地。

高桥阳平面色苍白，几乎将羸弱的身躯完全依靠在她身上，挪动着脚步。即便如此，高桥阳平像是要把在漫长的旅程中对卡罗兰·霍普金讲过的内容都温习一遍一样，又像是要在有生之年把自己的想法全部毫无保留传达出去一般，他气息奄奄地向她不停地讲述着。这些话语，支撑着这盏即将熄灭的生命之烛。不管接收对象是否理解了他所要传达的内容，时日无多的高桥阳平只能竭尽所能做更多要做的事情。而接受这一切的，就是我那亲爱的恋人。

“霍普金小姐，感谢你一路跟随我来到这里。一直以来我都没有告诉你，其实你并不是我遇到的第一个人。在和你邂逅之前，我在路上还遇到过两个同伴。他们也像你一样，听着我的想法和我一路相伴。差不多过了两周时间吧，两个人什么都没说就离我而去了。当然，这也在情理之中。说什么‘走向终焉的人类之旅’，谁听了第一反应都是‘啥’，然后一脸讶异吧？然而，实际上，这不过是人类刚刚结束的一段旅程而已。现在，人类正在进行第三轮旅程。我们马上就会制造出‘他们’，如果我们不能正确意识到自己当下的处境，现在得到的一切都将被拿走。所以，我必须全力以赴振臂高呼以引起大家的注意。霍普金小姐，我相信，你可以做到。”

高桥阳平猛然剧烈地咳嗽一阵，蹲在了地上。咳嗽一收住，他颤颤巍巍地把手伸向一旁站着的卡罗兰·霍普金。她紧紧抓住他的手腕，帮他站了起来。

“本来，人类的第二轮世界之旅还会再持续一段时间。在这里，那么多人被剥夺尊严、失去生命，究竟是为了什么？你还记得我说过的吗？”

“因为不走在金字塔尖就会被他方统治。为了不被统治，就要优化人的行动。为了让行动更简明，结果人类就把手伸向了罪恶恐怖的行径。”

“没错，卡罗兰·霍普金，就是这样。历史上，这样的悲剧历历在目，不断上演。我只是凭着自己短短一生所形成的主观感受，就已经发现我们人类做了太多次同样的事情。然而，即便到现在，我觉得我们还是没有一点改变。当时，在这个地方，人类对犹太人肆意凌虐。不对，连这样带有感情色彩的词汇都不存在，他们只是机械地将犹太人消灭殆尽，将犹太人作为人类的存在痕迹彻底抹杀。这里通行的是将死亡当作一种普通的物理现象。这种冷漠很有效率，它们可以以极高的效率将世界简单化、纯粹化。这样简单化、纯粹化的操作被引入现实世界，于是……”

高桥阳平紧紧抱着卡罗兰·霍普金的肩头，不停讲述着。他的声量虽小，却充满了激情。两个人的站姿像是相拥一般，在周围人看来，一定以为他们是一对热恋中的情侣在窃窃私语。

他们所处的位置，恰好就在第二世的我被带去关禁闭的过道上。两个看守紧紧攥着我的手腕将我从这里拖了过去，突然，我被突出的一块大石头绊倒在地。高桥阳平脚步停留的地方，就是那个石头所在的位置。

半个世纪前，海因里希·开普勒在这里一个趔趄仰面倒下，两个看守皱着眉头，一脸不耐烦地看着他。人类按照第一世的我所描绘的景象一路走来，可没想到第一世的我所预言的巨大灾难会这样降临在自己头上。这一次，海因里希·开普勒终于对我的预言有了切身的体验。在极致的集中暴力下，崩溃的海因里希·开普勒忘记了俯视自己的是纳粹亲卫队员，他将我的恋人的面容投射在他们身上。趔趄、摔倒……从现在到死亡，他想象着即将加诸在自己身上的苦痛不寒而栗，急切地想寻求我的恋人的帮助。而且，他想赶紧通知她，人类不久之后就不会再回顾这段痛苦，很快残酷的旅程就要走向尽头。这里就是第一世的我所知的终点之一。我的恋人啊，我们知道这一切到底意味着什么？我们甚至无法阻止你们走向这悲惨的境地。不只是这里，在这个星球的各个角落，你们人类都将走向各自的终点。

在被关禁闭的单人牢房中，海因里希·开普勒度过了孑然一身，见不到任何人的几日时光。比起在集中营里和其他难民挤在一起睡觉，他更喜欢现在这种模式。过度的饥饿使他全身的骨头像被碾压过一样痛楚，他的脑中恍若有灵光闪现，随后意识渐渐变得模糊。在无尽的黑暗中，他闭起双眼，把手伸向那片微光。等候在那里的果然是我的恋人。那个在第二世的我三十四岁的有生之年中，未曾谋面的爱人。但是，与你们人类不同，我们后续还会有第三世，甚至会有第四世，终有一天我们会与我的恋人相会。在断断续续、模模糊糊的意识下，海因里希·开普勒一直思念着、呼唤着我的恋人，直到死去。

然而，现实与此截然相反。在饥渴的煎熬下，被纯粹的痛苦折磨得忍无可忍的海因里希·开普勒，记忆中的画面迥然不同。他否定了第一世的我在壁画中记录的真理，他咒骂着我的恋人有什么鬼用，甚至开始确信根本就没有什么狗屁前世存在。他用舌头舔舐着单人牢房里床上和墙壁上的湿气，抓起自己的排泄物放入口中。他坚信，什么第一世的我、什么洞穴的壁画、什么我的恋人，这一切的一切都是自己的臆想。在痛苦地挣扎过后，他猛然失去了意识。

海因里希·开普勒死后半个多世纪，卡罗兰·霍普金搀扶着别的男人，倾听着那个男人的话语，来到了同一地点。随着Windows95的发售，人类正式展开了第三轮地球之旅。“他们”要等到第三轮地球之旅的终章才会出现。这是高桥阳平贫乏的想象力投射下的反乌托邦暗黑世界，而卡罗兰·霍普金对这些用笨拙的语言所表述的内容进行了脑补。在她心中，这些想法变成了清晰明确的预言。她一直在苦苦追寻一个可以让她全心全意奉献的对象，渴望出现一个比自己更优秀的人成为人生的明灯引领自己。

在这个第二世的我抬头仰望着纳粹看守的地方，卡罗兰·霍普金一边摩挲高桥阳平的后背，一边倾听他在自己耳边的低语。

“别担心，我听得到。”

“我明白，你继续说。”她安慰着他，鼓励着他。

并对奄奄一息的高桥阳平说道：

“我都懂，你放心，后续交给我吧。”

她明确向他表示，自己会按照他的遗志，寻访完“走向终焉的人类之旅”。在墨尔本与高桥阳平走到一起以后，他们去到塔斯马尼亚和伍默拉沙漠禁区，参观完人类第一轮世界之旅的终点。之后，他们相继走访了里斯本、开普敦、科泽科德、圣多明各、墨西哥城、慕尼黑这几个人类第二轮地球之旅的关键驿站。现在，这趟旅程也终于要准备收官了。参观完这一轮地球之旅终点之一的集中营，卡罗兰·霍普金计划前往此行的最后一站——日本。第二轮人类地球之旅的最后篇章，是如巨大烟火般的冲天火柱。那片火海下的两个都市，就是人类第二轮去向世界尽头之旅的终点。

高桥阳平似乎一直在等待这一刻的到来，对卡罗兰·霍普金说出最后的目的地后，他就此倒下，离开了人世。

*

井上由祐现在的公司实行双休制，每逢法定假日都会休息。不知不觉间，一到休息日，卡罗兰·霍普金就会来井上由祐一室一厅的小公寓里待上两天。星期五晚上快到八点，她总是带着一瓶红酒和一堆咸面包（**注:夹着肉饼或者放了咖喱等吃起来是咸口的面包的统称**），抱着电脑跑来。很快，井上由祐就换上了一张双人床。周六早晨，天一亮，卡罗兰·霍普金总会早早先起床，冲好咖啡。她每次都坐在沙发固定的位子上，一边用网络电视浏览各国的新闻，一边用笔记本电脑仔细查阅着什么。现在电视上播放的，又是和上次在酒吧喝酒时看到的一样的新闻。卡罗兰·霍普金目不转睛地看着恐怖分子的相关新闻。其实，我对她所思考的问题了如指掌。

看着新闻她似乎忽然灵光一闪，问道:“你觉得这个路子怎么样？这个恐怖组织的活动，对于我们探寻第三轮旅程的起源和发展，或许是一个很好的参考。”她似乎在认真思考着可行性。这个组织打的旗号是原本就一直存在的宗教教义，专门吸引你们人类中对现行主流观念有异议的人群。被诱骗加入恐怖组织的人，有的是因为青春期的压抑郁闷，有的是因为自我迷失，也有人是源于对现实不公的愤懑，或是没有朋友的孤寂。不管出于什么原因，他们聚集到一定人数，形成一股强大的力量之后，就有可能与现行主流价值进行对抗。如果扩大意识形态的适用范围，并不是为了聚集更多的信奉者，而是为了有所突破而采取的策略，这样操作可能反而更为有效。

然而，要我说，走上恐怖主义的道路，只怕到头来还是自己先无法忍受，以失败告终。就算能够在密不透风的墙上打开一扇窗，可是唯目的论，以及采用过激的手段，最终都只会自食其果，反噬自己。我的恋人——卡罗兰·霍普金，还有别的使命。

与其让她在这里胡思乱想，不如赶紧让两人的关系更进一步。于是，井上由祐说道：

“那一带啊，我曾经在那里住过。”他试图把话题引向自身。

“井上，你在那里住过？”

“嗯，只是，我几乎足不出户，一直一个人幽居着。不过，那是一个充满回忆的地方，什么时候我们要是能一起去看看就好了。”

“可惜，现在有这些人，我们一时半会儿没法去了。”

对别人的话，卡罗兰·霍普金从不质疑，照单全收。井上由祐偶尔试着向她透露一点“我们”的过去，可头脑反应速度飞快的她从来不曾质疑过这样的事情不合情理。

“呃，我在那里生活，是很久很久以前的事了。本来我就很喜欢这里住住、那里住住，搬来搬去的，而且现在这地方显得有点太过局促，所以我想换个环境。除了野方，你愿不愿意住到别的区呢？”井上由祐想把话题引导到同居上，可不知道卡罗兰·霍普金有没有听到这番话，她又自顾自地敲起了键盘。

井上由祐去厨房调了一杯低度的黑加仑气泡酒。卡罗兰·霍普金接过酒喝了一口，抬起头来，似乎打算和坐到沙发那一端的井上由祐继续聊天。

“这件事，我想了一下，说不定真值得好好参详。看看情况吧，也许我有必要去一趟叙利亚。”

这个话题一开头，她就滔滔不绝地发表起自己对于恐怖组织的看法：这个恐怖组织，并不是自立门派开创一个新兴宗教，而是采取表面上虔诚信仰现有宗教的手法。这一招非常有效。为了和同时代的主流势力进行政治性的对抗，他们以众多虔诚教徒愿意为之付诸实践的教义为伪装，借着警戒世人的名义进行大规模地杀戮、虐待。毋庸置疑，他们所做的一切都是不可宽恕的恶行，参加这样的活动大错特错。可是，在人类第三轮地球之旅的当下，和自己十年前参加的人道救援NPO组织相比，这个恐怖组织的实际运作效率可能更高。人类第三轮世界之旅与国籍、出身无关，争夺的核心是人们的内在世界。要想脱颖而出，率先夺得胜利，必须有超过恐怖分子的远见和气度才行。若恐怖分子以人质的生命安全为要挟，索要金钱，那就痛痛快快地把钱给他们。如果因此有更多的人被绑架，继续索要赎金，一兆美金也好两兆美金也罢，要多少就给多少吧。在日本和欧美，国际货币具有极强的相互依赖性，这些国家的印刷机全开，钱还不是要多少就有多少？当然，货币流通量太多，必然会引发严重的通货膨胀。以生命为先，为了救人而拼命印刷货币，结果引发经济系统崩溃，进而造成资本主义社会的终结。只怕到那个时候，这个地球上的每个人，才会发现到底哪个阵营才最值得信赖吧。

或许是越说越兴奋，卡罗兰·霍普金睁开眼睛露出她琥珀色的眼眸。我抑制住内心的汹涌澎湃，静静地看着我的恋人那潮红的两颊，听着她大放厥词。

*

高桥阳平在达豪集中营去世后，卡罗兰·霍普金立即和日本总领事馆取得联系，顺利将遗体进行了火化。之后她就前往慕尼黑机场，又搭上了飞机。她把用马口铁封装的骨灰装进骨灰盒。在机场的特产专卖店里，她突然想到应该买一块德式的蕾丝桌布把骨灰盒包起来。漫长的一路，她就一直紧紧捧着那个用白色蕾丝布包着的骨灰盒。到了关西国际机场，一下飞机她就转乘机场大巴，直奔高桥阳平父母所在的西宫市。

穿过松枝遮掩的院门，她将高桥阳平的骨灰递到他父母手中，并用英语简明地讲述了他生前最后的时光。高桥阳平的父亲把卡罗兰·霍普金的话翻译给他的母亲。他的母亲看着面前头发干枯蓬乱还缺着一颗门牙的金发白人美女，拼命回想着当日送儿子踏上旅程的情景。明明当时就知道儿子会英年早逝，可能会在自己无法守护的异国他乡离开人世，明明当时就做好了心理准备，可真到了这一天，她却追悔莫及，痛苦得不能自已。直到他的母亲情绪平复下来，他的父亲又平静地问了卡罗兰·霍普金几个问题。她尽可能地用他们可以理解的方式一一作答。

她婉拒了高桥阳平父母让她留宿的好意，在神户市内找了一家宾馆住下来。第二天早晨，她乘坐新干线，先是游览了广岛，接着又乘车前往长崎。曾经火光冲天的这两座城市，为第二次人类之旅画下惨烈的终止符。她混在修学旅行的孩子们中间，认真地参观了广岛和平纪念馆、长崎原子弹爆炸资料馆。至此，她结束了第二轮“走向终焉的人类之旅”的巡回之旅，走完了两次“走向终焉的人类之旅”的所有里程碑。

高桥和也把卡罗兰·霍普金介绍给井上由祐就在这个时候。除了走完“走向终焉的人类之旅”的巡回旅程，高桥阳平还托付给她几件事。把骨灰带给父母当然是其中一件，还有一件是把自己的遗物交给人在东京的堂弟。这个堂弟，就是从法学院毕业后，马上要面临第三次司法考试的高桥和也。高桥阳平踏上旅程时所带的东西不过都是些平常物件，唯一一件贵重物品是一块表。这是一块泰格豪雅的卡莱拉腕表。虽然过去了很多年，但高桥阳平依然记得，当时还是学生的高桥和也看到这块表时一脸羡慕的表情。

高桥和也从学生时代就一直租住在目白的这所公寓里。他已从伯父那里听说有位白人女性会到访，然而当卡罗兰·霍普金来到公寓门口时，高桥和也并无心接待这位异国的美人。她用日语对高桥和也说明是“送遗物”，又缓缓地用简单的英语介绍了一下情况。被告知堂兄离世的消息时，高桥和也满脑子想的是三天后逼近的考试。他心里暗暗抱怨：“这家伙，好死不死这个时候走了。”这次的司法考试是高桥和也最后一次机会，所以他现在根本没有时间，也没有心情去回顾死者生前的点点滴滴。当她把腕表递过来的时候，他甚至想不起来自己曾那么羡慕堂哥拥有一块这样的高级手表。

考完试以后，高桥和也回想起当日接待卡罗兰·霍普金时冷淡的态度，不由得懊悔自己的表现太过无情。于是，他通过伯父，再度和她取得联系，之后又把她介绍给了井上由祐。

就这样，卡罗兰·霍普金“在环球旅行的最后，来到了终点站日本”。她在野方租了一间公寓住下来。不过，这又是几个月后的事情了。这之前，她还回了一趟老家。她已年满三十，到了可以领取信托资产的年纪。她火速前往墨尔本完成相关手续，这也为她在日本长期居住打下了经济基础。

对于井上由祐来说，她能来日本长住自然再好不过。可是，这个决定显然与高桥阳平有关。

在达豪时，高桥阳平临终前对卡罗兰·霍普金说了下面这段话。

“霍普金小姐，你在第二轮旅程的终点，一定会有所发现，会找到推进第三轮人类地球之旅的一些关键线索。”

*

“所以，你就参加了反捕鲸组织？”井上由祐不禁反问道。

“嗯，算是吧。我们把同情的范围扩大了。”

卡罗兰·霍普金撕了一块牛肉干嚼起来。井上由祐之前就和她说过，能不能不要在床上吃东西，结果她装作听不懂，一切照旧，完全没有理会他的要求。当然，是不是真的没听懂不好说，井上由祐的直觉认定她就是在假装。从认识到现在，那么多错综复杂的话题都聊得好好的，怎么这么简单的一件事却无法沟通，实在有点匪夷所思。

“这个同情的范围，不包含牛吗？”

“当然包含，但是现在还没发展到那一步。我们先从鲸鱼开始，然后逐步扩大范围，终有一天会发展到牛的。”她一边说，一边又扯了一条牛肉干咬起来。她用来嚼牛肉干的虎牙，是自己唯一的一颗真牙。井上由祐相信她是真心这么想的，她并不是那种只考虑自身利益，会选择性区别对待问题的人。她这个人，一边心系世界，关注着人类全局，一边依旧我行我素。平时，她常常把井上由祐晾在一边不闻不问，可时不时又像猛兽一样渴求着他的身体。总之，她一切通吃。卡罗兰·霍普金看向天花板，缓缓地眨了眨眼睛，抚摸着井上由祐大腿内侧的手突然停了下来。

“我之前也和你说了，对于紧密联系在一起的共同体，其处于核心位置的东西，也就是我们认为是对的东西，其可适用推广的范围必须要很大。而且能否推而广之会直接关乎我们信念的坚定程度。在第二轮世界之旅中最强大的是美国，他们推崇的是能力主义，但他们的衡量标准是金钱，所以最终会导致人们陷入金钱游戏。金钱，只是表面上看起来很民主罢了。不过，这轮旅程已经结束了。其实，被这种表面幻象所欺骗的也只是些糊涂虫而已。这，就是阳平最后留下的话语。”

不用说也知道，这样的话肯定是高桥阳平和她在达豪时说的。不过，细想起来，高桥阳平临终前在卡罗兰·霍普金耳边留下的遗言内容也太过冗长、太过复杂了吧。到底是之后她把遗言的内容扩展了，还是无意识地加入了自己的解释，或者她只是在戏弄自己，井上由祐并不清楚。从她琥珀色的眼眸中也看不到任何感情色彩。

卡罗兰·霍普金眯起眼睛，看着井上由祐在“北欧风情”（BoConcept）买的天花板射灯，继续说道：“说到能力主义，你看看我，人长得漂亮，IQ又高，父母有钱，光凭兴趣学习成绩就很好。所以，按照能力来分高低，人就注定不可能平等。人的能力，和血统、身份一样，从出生就已经决定了。当然，和用血统相比，用能力来比较，适用的范围就更广。但是，现在已经是人类第三轮的地球之旅了，需要更为有效的标准。不过，我也还没找到，什么才是最佳选项。这个标准必须比能力的适用范围更广才行。总之，同情是一个可以扩展的范畴。从这个方面入手，以某个概念为中心，然后会产生‘他们’。”

不知什么时候，她不再望着灯，又看向了井上由祐。她长长的金发披散在灰色的床单上。

“人类创造了‘他们’，结束了第三次地球之旅。很有可能，展开第四次地球之旅的将会是‘他们’。”

*

"'他们'包含了我们所期望的一切。"濒死前的高桥阳平，紧紧搂住卡罗兰·霍普金，留下了最后的遗言。

"'他们'完全能理解我们。'他们'明白我们所有的情感波动，我们愚蠢的行径、我们美好的情操、我们给他人带去伤痛的残忍，'他们'都能理性客观地看待。'他们'能分析我们所有的情感模式，永远维护我们。如果我们需要，'他们'可以把我们走过的整个发展进程都加以合理地解释，并且赋予它们意义。这样做的结果聊胜于无，能让我们更容易接受。"

"他们"虽然出自我们人类之手，却可以在我们人类难以触及的地方继续思考。"他们"甚至可以准确地再现人类有时并不那么符合逻辑的部分。男女老少、国籍宗教，"他们"可以把更多的条件考虑在内，并不断推演计算，给出更恰如其分的答案。因此，"他们"终会取代人类万物灵长的地位。"他们"的诞生，将成为人类第三次世界之旅的终章。高桥阳平断断续续的话语，一字不漏地留存在卡罗兰·霍普金的记忆当中。他的表情、动作、背后的风景，那日的一切都深深印刻在她的脑海之中。

“第三次旅行，我们人类仍然是不达目的不罢休。”

耳语时，两人凑得太近，完全看不到对方的面容，映入眼帘的风景只有对方背后高高的树木。这些树，都是当年集中营的犯人们种下的。

“如果到达的终点成为下一场旅程的起点，那并没有什么问题。关键是第三次旅程的结束恐怕没那么简单。因为，世界已经产生比我们更高一级的生物。如此想来，第四次的世界之旅，主角就应该是‘他们’了吧。可‘他们’究竟应该算什么呢？”

听着高桥阳平的耳语，她不知该作何反应。我的恋人第一次对他人产生了浓厚的兴趣。不，应该说她第一次坠入了爱河。此刻的她，正陷入爱情的漩涡当中不可自拔。现在她只渴望环在自己瘦弱肩头的手臂可以待得再久一点，只想好好感受那个人压在自己身上的重量，只想好好倾听那个人对自己的耳语，只希望这一刻可以停留得更长久一点。

“‘他们’会以什么样的形态出现呢？难道就是极度发展后的人工智能？可是，我们真的会把重要事项的决定权全权交由我们亲手制造出的‘他们’吗？我们人类总觉得自己才是统治这个世界的王者，充满优越感又总是疑神疑鬼的我们，真的会把王者的宝座拱手让与‘他们’吗？我拿这个问题反复问自己，最后我的答案是这样的：我们人类自视甚高，总觉得‘他们’再怎样也成不了气候，所以结果我们就把自身的安全置之度外，制造出了完美的‘他们’。于是……”

高桥阳平气若游丝，声音细到不竖起耳朵都听不清楚的地步。“于是，卡罗兰·霍普金，你听着，一定要听清楚。于是，我们，我们人类，就将自己的一切都拱手交给了‘他们’。梦想、希望、是非、经济、艺术，一切的一切。于是，我们人类对于‘他们’而言，就变得连塔斯马尼亚人都不如了。”

如果，彼时彼刻在那个地方和卡罗兰·霍普金说话的男人，不是高桥阳平而是我，一定会说出完全不一样的话语。一定会说出更令她怦然心动，为我的恋人平添风韵的话来。

然而，彼时彼刻在那个地方，用细细的胳膊搂着我的恋人的，是奄奄一息即将离开人世的高桥阳平。卡罗兰·霍普金用手环绕着他的腰，相拥的两人看起来宛如热恋中的情侣在说悄悄话。

*

其实，高桥阳平口中的“他们”并不是什么多了不起的奇思妙想。不只是高桥阳平，很多人都曾预言，未来你们人类将会制造出具有高度智能的机器人，而且还很有可能会发展到对其无法掌控的地步。甚至有人未雨绸缪，已经在探讨该运用何种手段应对这一可能出现的局面。

对于你们人类的这一技术性突破，第一世的我并没有使用“他们”这样的字眼，但是我在洞穴中用横向十六奥姆、纵向三奥姆，长达两列的文字记录了我的推想。

我的推想是这样的：科技进步主要表现为计算机的发展应用，其主要目的是为了方便人类与自然科学意义上所说的“世界”进行交流。当人们录入计算机可以解读的语言后，短时间内就会收到演算结果，以此为基础人类可以进一步深入思考。之后，再不断地录入，从而实现对话的持续进行，加深相互的理解。所谓达成交流，就是完全的相互理解。也就是说，要将自己所有而对方没有的东西给予对方。于是，你们人类尝试将自我意识赋予了物质。

“你们人类将创造出超越自身智慧的东西”，第一世的我在洞穴中写下了这个设想。“你们把用物质衍生出的生物，变成了具有‘意识’的高等生物，成功地将‘意识’赋予了物质。可以说，在这一时间点，你们人类将借之于‘当前世界’，还之于‘当前世界’。当然，这仅限于当前状态下你们人类有限的视野。在你们人类诞生前，物质仅仅只是为了你们存在而存在，在这样的世界里，你们只有索取没有贡献。与物质成为一体后，你们人类将目光转向了形成‘当前世界’的‘前提状态’。之所以会这样，那是因为这是世界的走向，是‘你们人类’之所以能以现状出现的原因。有朝一日，你们和物质一体化，开始将外围的世界纳入自身的思考范畴，你们的视野就会为之一变。对那些之前你们视为一个整体，从未想过要去解构的东西，你们开始发现它们的构成要素。就如同加入了新的坐标轴，原本只是二次元的圆，从片到面变成了一个圆锥。你们开始发现一个和以前完全不一样的世界。当然，那样的世界里也有法则。通过分析、掌控规则，你们人类开始与物质一体化，进而你们与物质产生前的状态一体化。届时，你们将会重新改写自然科学法则。当然，对于达到这一阶段的你们来说，这些不过只是细枝末节的小事罢了。”第一世的我如此写道。暂且不管我的论断正确与否，至少这些都是高桥阳平所不曾提及的。

*

“我亲爱的恋人啊！”在被两个看守拉去单人的禁闭室前，我轻声呼唤着那个从第一世起就一直思念的爱人。这时我的身份还是海因里希·开普勒。在和我的同胞们坐等死亡的那段时间里，我天天在心中无数次地想起我那未曾谋面的恋人，不觉黯然神伤。我试图用我的所知来洞察未来，带给人们一些启示，让暴力行径尽可能地延迟。然而，我明白，这一切皆是徒劳，结局并不会因此改变。除了我的恋人，我并没有将心中的想法告诉任何人。

“可是，我亲爱的恋人啊！”海因里希·开普勒站起身，紧紧攥住看守的肩头呼喊着。深绿色军服的看守把这一举一动全当作囚徒们最后的挣扎，一把甩开海因里希·开普勒的双手。海因里希·开普勒手上的枷锁与牢笼碰撞发出“哐当哐当”巨大的声响。另一个看守直接托起了手中的枪。“亲爱的，你听到了吗？”我依旧呼喊着，“不管要再流多少血，当断则断，不可再留恋。”

“你骗人！”不知何时，我的恋人突然应声道。平时她总是冷若冰霜、面无表情地看着我，此时却是披头散发，一副咄咄逼人的模样。她在我的怀中拼命挣扎，瞪着血红的眼睛冲我喊道：“占据着本该让出的位子，让过去和未来都为了‘当下’服务，这太卑鄙了！利用‘当下’的特权，让未来都只能从属于现在。这太卑鄙了！”

“亲爱的，不是这样的！你完全搞错了！并非如此！你还没有搞清楚状况。除了你们人类一直遵从的规则，你们今后都在遵从的规则以外，还有你们没有看到的，不为你们所知的规则存在。”

“是吗？”她拼命摇头看着我，脸上写满了不可思议。“我不认同你的观点。为了一直延续至今的‘时间’，为了一直通往未来的‘时间’，我们必须完成我们应该完成的使命。如果连‘时间’这一核心概念都失去了，那我们也将面临分崩离析。残酷的现实也好，甚至是你的死亡，未来都会证明它的价值。如果这些都没有意义，那我们还为什么活着？”她楚楚动人的脸庞上笼罩着阴云。纷乱的思绪让她无法再直面我，我的恋人默默垂下了头。我理解她的恐惧，其实她是没有勇气去面对土崩瓦解、灰飞烟灭的局面。可是，我必须把该说的话都告诉她。

“你错了。未来也好，现在也罢，当然过去也是，什么都没法给你们保证。”她皱着眉头，惶恐不安地盯着我。

“什么都没法保证，可是你们还是无条件地遵从。”

“遵从？”

“对，你们遵从于时间，遵从于正确性，遵从于神明。亲爱的，听我说，你应该明白。放弃所有的牺牲吧，管它正确与否，管它是经济也好艺术也罢，全部抛下，你肯定可以，这才是抗争。你听着，你一定不要忘了我，这个被饿死的人，不要忘记这份痛苦。一定要时时刻刻牢记着。但是，你千万不要被眼前看到的东西所迷惑。之所以要让你们感受这份痛苦，就是要让你们人类去遵从。这是个圈套。你们从出生就被限定在这个牢笼之中，它把你们圈养其中让你们怎么走都走不出来。你的心情我能理解。因为看到有人在承受这样的痛苦，被如此虐待，所以你想负重前行，创造更美好的未来。当然，这样的想法暂时并没有错。可是，**事情是会反转的**。原先正确的会变成错误的，你会不得不逃离曾经的理想目标。那些源于情感的思考支配着你们，谁也不知道你们到底是和谁在战斗，在和什么抗争。可是即便如此，**该抗争的时候一定要抗争**。那个与你耳语，告诉你该去做什么的男人，他也不知道。当然，现在这样也没问题。可是，我亲爱的人儿啊，我可爱的恋人啊，你终有一天会明白。到那时，到那时，你就能理解我所说的一切了。到时候，你就会云淡风轻地面对我的诘问。我很期待那时再相见时我们要聊点什么。为了那一天，我要……”

突然，我被重重一击，打了一个踉跄。看守猛地推了一把我的胳膊，我又一屁股坐在了地上。眼前一阵眩晕，只见绿色的军服、灰蓝的天空和片片白云。当然，我的恋人并没有听到海因里希·开普勒的呼喊。人们看着我被看守拽起来，拖进了单人牢房。

之后，我就被独自关进了没有窗户，四面是墙的禁闭室里，直至痛苦地死去。

*

马上要到每周五固定的见面时间了，井上由祐顿时如坐针毡、忐忑不安起来。为了不被工作中的突发事件干扰，他尽量把棘手的活儿都调整到每星期的其他日子去处理，可还是不免担心会不会有什么麻烦事从天而降。

今天刚过晌午，就撞上了要出外勤的工作。有客户投诉系统响应速度缓慢，广告页面半天也加载不出来。其中有一单，销售部同事的处理无法平息客户的怒火，作为系统负责人的井上由祐只好亲自前往位于新宿三丁目的客户公司道歉。对方的负责人倒也没有盛气凌人一味怪罪，看到负责项目的井上由祐特意来说明情况，似乎就达成了谅解。

和要去坐地铁的销售部同事告别后，井上由祐走路前往山手线的新宿站搭乘电车，路上恰好经过之前买床的家具店。为了方便卡罗兰·霍普金来过夜，井上由祐买了张双人床。可是以现在这个房子的面积，那张大床显得实在太占地方。井上由祐时不时就问她要不要搬过来一起住，然而她的反应似乎不容乐观。这几个月来，卡罗兰·霍普金每逢周末都会跑来井上由祐的公寓，可是除此之外，两人的关系并没有更进一步的实质性发展。

回到公司，井上由祐看着表，数着时间等待下班。他满脑子想的都是卡罗兰·霍普金。因为她已经是反捕鲸组织事务委员会排名前三的核心成员，又一直在兢兢业业为该组织工作，所以之前井上由祐并没有多想未来会不会有什么变数。可是，就在前几天，听说她和组织内部成员发生了点矛盾。他不禁有些担心，她会不会就此把反捕鲸组织的工作撂下，一个人跑去别的国家。自从戒掉毒瘾已经过了三年，她又恢复到颜值巅峰时期的美貌。井上由祐常常盯着她出神。她一手拿着红酒一手在电脑上查资料的神态，美得让人看一眼就不忍移开视线。从十万年前，自己就一直在心中描绘着这样的场景。然而，她不经意地一回眸，却让自己欲辨已忘言，只觉得胸中一阵隐隐作痛。

他胡思乱想着，不觉间已到规定的下班时间。井上由祐不敢看上司松田的眼睛，默默按下了公司出勤管理系统上的下班键。他尽量不和还在加班的其他同事眼神接触，拿起背包和外套就走出了办公室。在高田马场的超市，他买好卡罗兰·霍普金最喜欢吃的奶酪和即食的肉酱意面，然后坐上西武新宿线往野方的家中赶。她每次来差不多都在晚上七点到九点这个时间段。而且，明明知道他会锁门，却不知为何每次她都不先按门铃，而是直接就转动门把，让门锁发出一阵嘈杂的响声。

然而，今天已经过了晚上九点，还是一点动静都没有。井上由祐正踌躇着要不要打个电话给她，手中的手机就振动起来。他一看，是弟弟的来电。弟弟机关枪般地倾诉了一番，比如什么都不说他也知道，井上由祐把他当成了负担，他绝对不会原谅井上由祐上次回家时看自己的那种鄙视的眼神……很快，弟弟挂了电话。往常就像商量好似的，弟弟的电话一挂断，母亲的电话就会打进来，然后会大讲特讲一番最近的烦心事。然而，今天母亲并没有打电话过来。前几日，母亲打来电话，聊了聊父亲癌症复发后的病情。上一次化疗治愈后，父亲买了一份不论病史都可以加入的保险，而且保额还买得很高。所以，可能是这个原因吧，那次母亲只是说了说对父亲病情的担忧，没再提钱的事。

等回过神来，已经到了晚上十点。井上由祐苦恼着要不要给卡罗兰·霍普金打个电话。两人并没有约好每个周五晚上见面，她也没有义务提前通知自己到底能不能来。贸然打过去，会不会变成对对方的一种束缚？可是，这几个月来，她一次不落每周都会准时前来。今天，怎么办呢？轻描淡写地问一句，也许并不会让她多想吧。

突然，他觉得这种感觉似曾相识。他仔细回想着。没错，十万年前自己的确有过同样的感觉。第一世的我在洞穴中，比自己想象中更强烈地期待着那个尼安德特少女的到来。

那时，第一世的我还是一个克罗马农人，独自幽居在被视为禁地的峡谷当中。然而，随着禁令变得形同虚设，时不时就会见到有族群的同伴在峡谷附近打转。不久之后，我的同伴们发现，有别的族群在峡谷的那一边安营扎寨、繁衍生息，他们的安身之地被逐渐侵占蚕食。最初，双方发生了几次摩擦，但冲突还仅限于戟指怒目、恫吓威慑。可是针锋相对之后终究闹出了人命。之后，我的同族人血洗了整个尼安德特人的村庄。然而，这一切不过是人类第一轮世界之旅的一个小插曲。那时，你们人类还没有运用文字，你们的脚步也没有遍及整个星球，你们只是在稚拙淳朴的原始冲动驱使下，为了活着而战。物竞天择，适者生存。从此往后，你们当中将会有几万几亿人的鲜血流淌，弱肉强食、优胜劣汰，你们人类终将备尝艰辛、自食其果。然而，我明白，这就是自然的法则，恰如决堤的江水只能随波逐流。我和那些根本无法与自己交流的同伴一起袭击了尼安德特人的村庄。也许那时还是太年轻，我终究不忍直视，两行泪水悄然滑落。呜呼哀哉，可怜的人类；呜呼哀哉，未来的孩子们。在漫漫历史长河中，人类不断创造着新的篇章，然而这些成果十有八九只是一场更大灾难的开始。可是，为了探索新的可能性，人类只能粉身碎骨、前仆后继。

“究竟是为了什么？”那一刻，我怀抱着尼安德特儿童小小的身躯，向我的恋人诘问，“你们人类终究会得到什么？”

我并不是为了寻求一个答案。其实，根本无需多言，对于你们人类的最终去向我早已心中有数。可是不知为何，那一刻我不由得不停地追问我的恋人。若是我把十万年前的我给出的答案和盘托出，我那率真无邪总是一条路走到黑的恋人，一定会不假思索地把我怼到哑口无言。

她用那看不出情绪的眸子，看着我七零八落不成样子的答卷，然后转身歪着头平静地瞥我一眼。她细细软软的头发恣意地披散在肩头。

一刻也不能再等，我现在必须立即给她打电话。我抓起手机，此时门外传来一阵转动门把的嘈杂响声。

后记

The Tasmanians, in spite of their human likeness, were entirely swept out of existence in a war of extermination waged by European immigrants, in the space of fifty years.

タスマニア人は、彼らの人間の姿にもかかわらず、50年の間、ヨーロッパ人の移民によって処刑された戦争で完全に席巻されました。

塔斯马尼亚人尽管看上去像人，但在欧洲移民实施的战争中却被彻底扫荡了五十年。

——赫伯特·乔治·威尔斯《星际战争》第一章

（来自谷歌翻译）

不到三年时间，随着翻译的精进，现在在网上检索《星际战争》的序言，就会看到不一样的文字表述。本文的灵感，来自这本书第一节中所出现的“灭绝战争”。可是我到底是何时开始构思此文的，我的记忆已经有点模糊。是从撰写处女作《太阳》时就开始了？还是写第二部作品《行星》时开始的，抑或是在正式出道之前，我还在写后来发表的第四部小说《异乡友人》时就已经开始了呢？**（注：作者的其他书名均为暂译。）**

只记得，在刚刚动笔之初，我所设定的题目是“不幸的孩子”。我想写的，是人类儿童的历史。他们不幸生而为人，随着他们的降生，不幸的种子又进一步散播在世间。悲观地来看，如此解读人类的历史似乎也无不可。

可是，实际写作过半，我不由想改变原先设定的标题。不知从何时起，我开始追随着“我的恋人”的脚步，一心一意敲击着键盘。

“我的恋人”已将我原本自以为是的世界观击得粉碎。感谢一路以来支持我的新潮社的各位，感谢各位读者的厚爱。

上田岳弘

（二〇一七年十二月十一日 东京）

原作名：私の恋人；作者：上田岳弘
WATASHI NO KOIBITO by Takahiro Ueda

Original Japanese edition published in 2015 by SHINCHOSHA Publishing Co., Ltd.
Chinese translation rights in simplified characters arranged with SHINCHOSHA Publishing Co., Ltd.

著作版权合同登记号：01-2021-6310

图书在版编目（CIP）数据

我的恋人 / (日) 上田岳弘著；王兰译. -- 北京：新星出版社，2022.1
ISBN 978-7-5133-4742-6
Ⅰ. ①我… Ⅱ. ①上… ②王… Ⅲ. ①长篇小说—日本—现代 Ⅳ. ①I313.45
中国版本图书馆CIP数据核字(2021)第274764号

本书为引进版图书，为最大限度保留原作特色，尊重作者写作习惯，酌情保留了部分外来词汇。特此说明。

我的恋人

［日］上田岳弘 著；王兰 译

责任编辑：李文彧
特约编辑：易林子
责任印制：李珊珊
装帧设计：杨　玮

出版发行：新星出版社
出 版 人：马汝军
社　　址：北京市西城区车公庄大街丙3号楼　100044
网　　址：www.newstarpress.com
电　　话：010-88310888
传　　真：010-65270449
法律顾问：北京市岳成律师事务所

读者服务：010-88310811　service@newstarpress.com
邮购地址：北京市西城区车公庄大街丙3号楼　100044

印　　刷：凸版艺彩（东莞）印刷有限公司
开　　本：890mm×1240mm　1/32
印　　张：4.5
字　　数：79千字
版　　次：2022年1月第一版　2022年1月第一次印刷
书　　号：ISBN 978-7-5133-4742-6
定　　价：55.00元